五十岁，我辞职了

［日］稻垣惠美子 著

郭丽 译

上海译文出版社

推荐序

了解日本的另类视角

毛丹青

(《在日本》主编)

"了解"可以有多样的视角,无论是对国家,还是对个人,其多样性不会改变。旅居日本三十多年,多样的视角让我增加了"了解",尤其是在异域文化的语境中,让"了解"持续下去已经变成了我的愿望。

很多年以来,我们对日本女性的了解似乎形成了若干定式,类似樱花树下的和服女人、家庭主妇、艺妓,以及政府现任的女性大臣等,包括宝塚歌剧团和偶像组合AKB48,都是让我们"了解"的视角,而且是多样性的。

不过，从我个人的所想而言，策划出版《我是主播》《五十岁，我辞职了》《音的记忆》这套有关日本女性的书籍也许是上述多样性的一次延伸，因为书中的叙述不仅让我了解了日本女性的力量，同时也让我了解了日本。了解日本是为了丰富我们自己的智慧。

  日语里有个词叫"女子力"，曾获得平成二十一年（二〇〇九年）日本新语与流行语大奖提名。原本以为这只是一时风靡的社会现象，但一直到令和年代，这个词仍然出现于很多领域，尤其是涉及日本女性的自立以及职场生涯的时候，"女子力"的词汇活跃度就会明显增加。这一方面强调女性积极向上的生活态度，另一方面也说明了日本社会对女性的认知变化。相较于传统观念，这一变化的进程虽然并不那么激进，但的确是向前迈进的。当然，有关"女子力"一词的用法，有时也跟女权主义挂钩，在日语的语境中呈现出复杂的一面。不过，从当代日本社会的文脉中观察，这三本书所反映出的文化现象，尤其是作为日本女性的个人叙述，无论是其中的细节，还是所展示的人文情怀，都是一种真实的写照。我甚至觉得这些写照是跨界的，作为非虚构文本，给人一种柔软的力量。

《我是主播》的作者是国谷裕子，一位在NHK电视台报道了整整二十三年新闻节目的最著名的女主播，出镜的新闻节目多达三千七百八十四期，每期三十分钟。她在书中详细地描述了主播的心得，尤其是海量的细节很吸引人。比如，有一回她采访曾获诺贝尔文学奖的作家大江健三郎先生，等到灯光、摄像机的机位固定完毕时，大江先生突然从皮包里拿出了一叠写满字的卡片，原来他为了接受国谷裕子的采访，已经事先写下了想要说的话。但几乎在同一个瞬间，国谷裕子对大江先生说："对不起，您能把这些卡片放回包里吗？"大江先生听后，当场收回了卡片。书中写道："采访人与被采访对象能否在采访开始前进入同一状态，这对采访工作来说是一个关键问题。"在日本，电视女主播是众多女性所向往的职业。这本书有职业的硬道理，还有人情，尤其是充满个人魅力的国谷裕子，更是值得职场女性关注的人物。

《五十岁，我辞职了》的作者是稻垣惠美子女士，她的爆炸头也许是她最有力的标志，她单身、无子女、无工作，眼下崇尚纯自然的生活方式，家里不用电，上楼爬楼梯，到了夜晚完全靠窗外的自然光线照明，号称"挺亮的"。她在辞职前是《朝日新闻》的编辑委员、电视新闻节目的嘉宾，成为日本知识界女强人的代表人物。这本书详细地描述了她对日本现代社会的选择，其文化着眼点是广泛的，很生活，很理想，同时也很励志。

《音的记忆》的作者是小川理子，现任松下电器的执行董事，同时是一位爵士钢琴家。她从小受家庭影响喜欢音乐，爱弹钢琴，甚至对在母亲体内听过的音乐都有记忆，很奇妙。音乐对她来说，更多意义在于"音"，至少比"乐"的存在意义要大得多。她是庆应大学理工学部毕业的，因为对"音"的痴迷，考入松下电器公司，参与了世界音响品牌 Technics SST-1 的研发工作。不过，随着全球音响市场的缩小，松下电器于一九九三年决定解散她供职的部门，这让她非常失意。在这之后，小川理子开始用钢琴演奏爵士乐，二〇〇三年出版发行了自己的 CD 专辑，并在同一年的英国音乐杂志上获得了年度最佳的好评，以"Swingin' Stride"品牌出道，几乎成了一位职业的爵士乐钢琴家。不过，因为无法放弃对"音"的追求，她依然留在松下电器，并未辞职。二〇一四年三月，大转机来了，因为大容量数码传送的飞速发展以及全球对高端音响的需求，松下电器决定激活音响技术的开发与市场的开拓，并任命小川理子为执行董事，让她负责整个Technics的品牌复活。这是一本日本职场女性的励志书，也是一本唯有女性才能洞察秋毫、娓娓道来，讲述人的情怀的书。学识、才华、苦恼、爱情以及如期而至的成功感，这些内容很充实，有些段落让人心动。她为这本书写出了三个关键词："工作""爱"与"坚持"。

其实，小川理子的三个关键词也是这套"女子力"丛书的核心内容。在此，让我感谢三位作者对这次策划以及对这套书的支持与配合，同时也感谢翻译们的工作和上海译文出版社的大力协作。谢谢大家。

二〇二〇年七月吉日

目　录

烫成非洲爆炸头与辞职有关吗　I

序言　从公司辞职这件事　001

其一　开始于一次平常的发言　009

其二　"被流放"带来的财富　027

其三　"完全化为灰烬"后毕业　061

其四　日本原来是"公司型社会"　099

其五　黑心员工所建立的日本　127

其六　现在的我　159

尾声　关于无业与走红关系的考察　179

烫成非洲爆炸头与辞职有关吗

是啊,有关系吗……不,怎么可能呢!当我想要吐槽时,突然眼前一亮。

确实,可能存在什么关系……

不,不,仔细想来,两者之间岂止有关系——如果我没有烫成非洲爆炸头的话,说不定都不会辞职。

回首过往,我从小就是优等生,乘时代的东风,念了好学校,进入好公司,一路走来,非常顺利。由此,我获得了宝贵的稳定收入、工作以及未来的退休金。然而,非洲爆炸头瞬间夺走了所有这一切。

怎么回事？这个非洲爆炸头。

说起来，这还是源于一件微不足道的小事。

当年我在大阪府警察署巡回采访的时候，警官与主管记者召开联谊会，去了一家郊区的小酒吧，唱了卡拉OK。现场有不少活跃气氛的小道具，比如铃鼓、沙槌等，此外还有非洲爆炸头的假发。大家都觉得非常有趣，轮流戴那顶假发。轮到我时，我也戴了。于是大家爆笑如雷，说"太搭了，太搭了"。虽然很不好意思，我还是忍不住好奇心，借来镜子迫不及待地看了一下镜子里的自己，的确与我绝配！

非洲爆炸头，这个可以有……

瞬间，恶魔私语。

不过，当然，数年过去了，我一直没有这么乱来。

这期间，发生了很多事。作为公司职员的生活有好有坏。基本上是坏情况占多数。而且，一直以来自以为年轻的我发现自己临近中年，马上就会成为公司的甄别对象：是"对公司有用的人"还是"不在此类的人"。承蒙前辈与领导多方关照，虽曾被批评，也有失败，我还是茁壮成长起来了。然而，这样的我马上要告别自己的青春时代。

前途暗淡。原本自己就不是那种对公司发展特别重要的优秀员工，而且感觉自己再怎么努力也不可能达到这一目标。我十分忧虑。

就在那时，我突然想到："对，去烫个非洲爆炸头。"

这既非我蓄意为之，也非战略使然。当时我只是想，随便什么都可以，只要有变化就好。面对美发师的担心——"作为参加了工作的人，您这样的话不要紧吗？"我竭力说服了他。然后就是长达六个小时的美发过程：头上卷了无数发卷，涂上烫发膏，一直等待，直到再次取下无数的发卷。自那以后，我的头便变成现在这样：茂密蓬松的圆形非洲爆炸头。

自那之后，人生便开始朝意想不到的方向发展。

过了四十五岁，竟然意外走红了。

我一个人走进居酒屋，陌生的大叔对我说："这位大姐，我很中意你！来，我请你喝一杯！为你再加一个菜。"仔细一看，店员也悄然端来一碟煮毛豆放在桌上，说"免费赠送的"。还有一次，我在咖啡馆里写稿子，一位从高楼上看到非洲爆炸头的公司职员突然出现在我面前，对我说"我觉得下面是一个有意思的人，就飞奔下来了"，并执意邀请我"晚上一起喝一杯"。

甚至经常有外国人邀请我，说"Your hair, nice！我们一起喝杯茶吧"。进入经常路过的路边店时，店主十二分热情地出来迎接，满面笑容地说："我想您肯定什么时候会光临小店。"还有三次，在回家的路上，中年大叔从酒吧里突然跳出来，搭讪道："一起喝一杯！"

来自同性的好感同样不可小觑。乘电车时，中老年妇女与我搭讪——"您的发型真好。我年轻时也是这种发型。"（真假？）——已是家常便饭。经常光顾的那家咖啡馆老板娘画了一幅我的肖像画送给了我。还有一次，当我在书店里站着看书时，有年轻的女性对我说："对不起，可以的话，能请您做我的朋友吗？"

人气如此爆棚，究竟是怎么回事？

想来，可能是非洲爆炸头在特殊发型中也比较特别吧？如果是莫西干头或者是脏辫头的话，即使有兴趣，但因为有点吓人，所以不好轻易搭话。与此相对，非洲爆炸头没有任何含义，只是很大很圆，看起来傻乎乎的，所以人们就很容易想一探究竟吧。

这一点暂且不说，现实问题是，当我开始走红到这个阶段时，我甚至开始觉得"或许我可以靠这个吃饭也说不定"。

这不，事实上已经有人请我喝酒喝茶了。

而且，其理由只是"我烫了个非洲爆炸头"而已。

嗯，人生，或许很意外，就是非常滑稽可笑，不是吗？

关于自己的人生，我们总是害怕着什么。逼着自己不能失败，认真而深入地思考必须要努力。然而，当你认真努力过了，就一定有相应的回报吗？事实并非如此。于是，我们会心灵受伤，变得不安，然后再次反思自己必须要努力。如此循环往复，人生不就结束了吗？想到此，又是惶惶不安。

然而，或许所谓幸福，并不在于你努力过后的成果，而意外的就是那些一直围绕在你身边的东西，不是吗？

想到此，我开始出乎意料地觉得辞职不再是一件特别恐怖的事。

于是，我真的辞职了。那么，结果如何呢？为了请读者朋友们继续往下读，在此我只说一句话，那就是"出乎意料，我能行（难道不是吗）"。

为了不从悬崖上跌落，双手死死地抓紧绳索的人精力只会集中在两点：一是努力不松手；二是祈祷绳索不要断裂。然而，如果从绳索上松开手，哇哇大叫着往下坠落，不知为何周围不少人会给自己抛来很多绳索。或者说，之前或许根本就没有发现绳索竟然有这么多。可是，如果不想坠亡的话，就一定会发现这一点。绳索有粗有细，种类繁多。然而，哪怕是细绳，三根拧在一起也足够结实了。

离开公司这根粗绳索后，我就抓着这些或粗或细的绳索活着。本书就这样来到了这个世界，这也是哪位奇人扔给我的一根绳索，不可思议，却又令人欣慰。

世间好像总是充满艰辛，然而事实上又可能蕴含着无限温情。这就是我松开绳索后才发现的世界。

……不，好像并非如此。因为，烫成非洲爆炸头，意味着我已经从绳索上松开了一只手（这是因为无论怎么看，我也不像一名普通的公司员工吧），所以，我感受到了人间真情。

那是无需谋划而辞职的预先演习。

可怕的非洲爆炸头。

啊，说真的，所谓幸福，不就是近在咫尺的东西吗？尽管如此，大家却意识不到这一点。哪怕就在眼前，人们也是看也不要看。

这究竟是为什么呢？

欲知后事如何，且听下回分解。

序言

从公司辞职这件事

我从来没想到这种事情会发生到自己身上。至少十年前如此。

我从大学毕业二十八年以来一直工作的公司辞职了。

五十岁,无夫,无子,无业。名副其实的"断了触手的章鱼"。与其说青春不在,不如说是日渐衰老。小一点的字完全看不清楚,也非常担心记忆力的明显衰退。

但是,我现在希望满满。不,我是说真话……不,说实话,也有点担心。不,说心底话,其实是非常不安,万分担心。我要说,尽管如此,自己还是充满希望……

当我宣布辞职时,周围的整齐反应令我大吃一惊。

大家首先说的就是"太可惜了"。

哎,太可惜了?

什……什么可惜?

回答各种各样。但是,总而言之,意思就是像现在这样一直待在公司"很好"。

的确,我所工作的朝日新闻社是大企业。被公认为工资高知名度广,所谓的社会地位也高("社会地位"最近有点微妙)。而且,值得庆幸的是,当时我所负责的栏目受到读者广泛好评。也就是说,在公司里,我待得很舒服。可是,境况如此好,为何要舍弃呢?或许从这一点来看,确实是"太可惜了"吧。

嗯,对于这个问题,很难用一句话回答。被别人这么一说,我开始觉得确实有点可惜……是不是太早了点……啊,啊,不行不行,此时不可动摇。

实在要说一句的话,那就是我已经想从"很好"的状态下逃离出来了。

"很好"这个状态其实是件非常恐怖的事情。比如好吃的食物，如果你每天都吃寿司、牛排或蛋糕，会怎么样呢？其结果可能是有害健康，会早死。但是，一旦陷入这种美食中，就很难从中脱离出来。

为何如此？原因在于大幸福会掩盖小幸福。不知不觉中，身体就会发生变化——如果不是大幸福就感觉不到。

工作也是如此。一旦习惯了高薪酬、好处境，从中离开就会变得越来越困难。不仅如此，要求还会愈发变本加厉。更可怕的是，境遇哪怕差一点点也会开始担心或愤怒。结果如何呢？很可能就是不断丧失自由精神，人生被恐怖与不安所支配。

当然，我想也有很多人不是这样。但是，像我这种欲望强烈且自尊心很强的人，瞬间就陷入这种恶性循环的概率很高。

换句话说，我已经被恐惧所包围，必须从"很好"的状态中赶紧逃离出来。

接着，人们一定会问的第二句话就是："那么今后做什么呢？"

呀……不好意思。什么也不做。我想，可能的话一直不找工作，就这么过下去。

听我这么说，所有人都困惑不解。尤其是公司的同事，似乎非常不悦。

不，不，我并非否定大家的工作或生活方式。因为，真的是在公司工作的人们在支撑着日本。

但是，只有在公司工作才是真正的人生吗？

的确，在公司工作有很多好处。可以从关系好的同事那里受到刺激，得到帮助，有时甚至是一边吵架一边成长。当然，工作不是游戏，不得不忍耐各种荒谬要求。如何经受住这种无处可逃的考验，就像《半泽直树》中所描绘的，一切都是电视剧。从这个意义上来说，或许可以说各种荒谬恰恰是公司的妙趣所在。

我也是这样被公司培养起来的。如果没有在朝日新闻社工作，现在的我肯定不是今天这个样子。

但是，难道人如果不被雇用就活不下去吗？

被雇用之人默默忍受荒谬的要求，归根结底是为了生活。也就是说为了钱。当然，也会有很多人认为工作"有价值",工作就是活着的意义。但是,你敢说,即使拿不到钱,依然会在这个公司从事这份工作吗?

也就是说,我想表达的是下面的意思。

在公司工作,说得极端一点,也就是人生被金钱所支配。

刚才我写道:"真的是在公司工作的人们在支撑着日本。"我认为这是事实。

但是,不在公司工作的人也在支撑着日本。

个体工作者、自由撰稿人或自由演员等自不必说,哪怕是没有赚钱的人,比如家庭主妇、退休的老年人、因故不能工作的人,甚至是儿童,难道不是所有的人在支撑着日本吗?做饭、打扫卫生、与孙辈玩耍、购物、与邻居寒暄、与人交朋友、向人展示笑容——所谓人世间,原本就是大家"相互支持"。即使没有金钱作为媒介,只要大家能够相互支持,应该也能够活得不错。

但是,如果在公司工作,就会忘记这一点。一旦习惯了每月工资入账,不知不觉中就开始认定如果不赚钱则什么也不可能做到。然后,开始觉得拿高工资的人好像非常了不起。

所以，如果在公司工作，无论如何都会想"请再给我加工资"。这一点，无论拿的薪酬多高都是一样。或许这是理所当然，也或许不是如此。当然，公司方面会说"给不了那么多"。或许这是理所当然，也或许不是如此。

不过，我已经感觉这种争论没有意义。

为何自己会变成这样，我再次进行了思考。虽然一言难尽，但是有一点确定无疑，那就是：在此之前，我出乎意料地幸运，并得到了极其丰厚的报酬。哪怕是欲望强烈的我心境也逐渐变化，别说"请再给我加工资"，就是持续领取这一水准的报酬也感觉有所顾忌。不管怎么说，我现在已经视力下降，记忆力、思考能力及体力都已开始衰退，这一点我自己最清楚不过。

而且，受人生种种境况及遇到的各种人所影响，不知何时，我已经开始发生变化，变得即使没有多少钱也能对人生感到满足。也就是说，比起"金钱"，我现在更想要"时间"或者"自由"。

话虽如此，我并非不想工作。工作也可以给人带来喜悦。我觉得，如果每天只是嬉戏玩耍的话，人生肯定会非常寂寞。本来应该是脱离金钱获得了自由，可是如果不消费的话，就会变得无人理睬，成为孤家寡人。不是为了金钱，而是为了与人联系在一起，难道不是可以有这种工作吗？

想到此，我的梦想似乎更加放大。何谓工作？何谓活着？作为离开"公司"这一拥有强力磁场组织的个人，我想尝试着进行一番思考。

这是一次赌上人生的冒险。变老之前最后的大赌博。开个玩笑，别当真。

怎么样，是不是很酷？

不过呢，人生当然不容易。

准备应该已万分周全。嘴巴上说得轻松，实际上作为现实主义者兼战略家，为了即将到来的这一天，我费尽了心思，花了很长时间，自认为已扫平了内外障碍。

但是，实际从公司辞职以后发生在我身边的事情，哎呀，都是些什么事啊。完全是根本想象不到的连续打击！

心怀梦千万

不久愁苦满心房

无职空悲叹

  对在公司工作有疑问的人,自己也想辞职的人,以及想一生都与公司永不分离的人,对于所有人,如果本书能让您对"在公司工作"进行重新思考的话,我就倍感欣慰了。

二〇一六年五月二十五日
下北泽咖啡馆内

其一 开始于一次平常的发言

祸从口出

哎呀，随着年龄增加，记忆力衰退，实在太恐怖了。

于是，本人就想写本有关"从公司辞职"的书，并下定决心至少要把这本书写出来。之所以这么说，也是因为一说到"要辞职"或者"辞职了"，很多人就会出乎意料地做出或正面或负面的戏剧性反应。在当今日本社会，公司就是这么重要的存在。

另一方面，不少人对这种持续工作并不抱什么希望，或者说甚至感到绝望。我想，作为在这个没有出路的时代生存下去的一个小小启示，最终在五十岁辞职的我的一番苦斗恶战或许有一点价值，总有一天会被很多人所了解。

然而，自己原本为何想从公司辞职呢……这一点我无论如何都想不起来了（笑）。不，不，五十岁辞职果然还是对的。年老就在眼前。人生只有一次。我再次深切地感到自己的时间已所剩无多。

想不出来也有想不出来的原因。很长时间以来，我一直模模糊糊地考虑"总有一天必须要辞职"，并且时退时进地为此做着准备。所以，事到如今，再次要回想起"原本为何想从公司辞职的呢"就非常困难了。

不过，有一点我记得非常清楚。

那就是，在我看起来顺风顺水的公司职业生涯中，我第一次瞬间涌起了不安。不知为何，这一点我记得特别清楚。虽然是件很不起眼的琐事，但是如果没有这件事，说不定我压根想不到辞职什么的。这么想来，人生真是坎坷。

那是公司某位前辈过四十岁生日的一天。

我和那位前辈关系不是很融洽。并非因为什么实质性地吵过架，而是性情不合。所以，当我偶然得知那天是他四十岁的生日后，就想对他说些巧妙的挖苦话。这么一来，我燃起了比写稿子要强百倍的斗志，连自己都有点看不起自己。

"哎呀，前辈，四十岁了啊。终于到了人生的转折点了啊。"

……简直了！我竟然说出了这么不中听的话。果然不出所料，前辈一下拉下脸来。而那正是我的目的所在，所以我非常得意。前辈甩给我一句："你给我记住了。你四十岁的时候，我也会对你说同样的话。"对此，我愉快接受，并且得意洋洋地离开了。

然而，他的话意外地盘旋在我的心里，迟迟不肯出去。

人生的转折点。

也就是说，如果说这之前一直是上坡的话，之后就慢慢要开始下坡了。

下坡。在那之前我可是从来没有想过这种情况。

在"转折点"看到的恐怖景象

人生有"转折点",而且这个"转折点"就在不远的将来!马上也会造访我的人生!

当我意识到这一点时,脑海中首先浮现出的就是莫名的不安……不,不,不是那么模糊的东西,而是相当清晰的"暗淡未来"。

首先,关于工作。

当时,我担任大阪的地方版编辑部主任。自己不写稿,而是修改别人的稿子,把它做成"完成品"。也就是说,是基层的中层管理职位。工薪阶层到四十岁左右基本都做这种工作。

也就是说,我站在了类似出人头地竞争的入口处。

在那之前,前辈和领导对我悉心栽培,给我机会,使得我在成功与失败中不断锻炼成长。但是,这种幸福的无名时代终究宣告结束,而来到一个分水岭——要么是对公司有用的人才，要么不是。

没错，这就是处在"人生转折点"的我的真实情况。

过去经济高速发展时期也就罢了，在当今这个时代，还有人会热切地欢迎出人头地的竞争吗？

不，最后"赢"的人是可以的。可是，所谓"赢"到最后，也就是说成为社长。除了公司内部刊物及周刊杂志上的照片以外，我没有见过社长。社长离我们如此遥远。所以，社长以外的所有人肯定会在什么地方"输掉"。

有一点，做过公司职员的人都知道，而没做过公司职员的人未必完全理解，那就是：人的欲望真是非常可怕。我当了公司职员后切身体会到了这一点。

要做到"差不多就可以了"出乎意料地困难。

一般人的想法是"当不了社长，当上课长、部长什么的也就满足了"，不是吗？百分之百如此。我也是一直这么想的。但是，当你真的在公司里时，就会明白事情绝对不是如此简单。

比如，自己没有当上部长的时候（实际上大多数人都当不了），自然就会有自己以外的某个人，而且是与自己一起进公司的同伴或者是比自己晚进公司的人，当上部长。这样一来，自己就会被人判断为比这个人要"差"。而这对人的内心伤害要远远大于旁观者的感受。

自从进入公司以来，我看到很多比我早进公司的前辈们，就这样因内心创伤和挫败而丧失干劲，每天被不满与失意撑破似的活着。一般情况下，当上董事已经算是非常出人头地了吧？然而，在公司这种地方，就是有专务董事因为没能当上社长而一直悔恨在心！

可见，这是一个多么强烈的出人头地主义者的集合体！

本来，大家不都是想做"新闻记者"而进入公司的吗？"做一辈子记者"就好了啊！

我应该一直是这么冷眼旁观的。可是，意想不到的是，不知何时起，每当要发布人事变动时，自己也开始一喜一忧起来。

死亡三角

不,我脑子很清楚,明白自己无论内在还是外在都没有出人头地的能力。也从来没想到要出人头地。真的,不骗你。

可是,当我经历过在地方上工作,被调入做什么都要眼疾手快的大阪社会部后,虽然没有成为当红"独家新闻记者",但是通过策划采访或连载,总算刷出了自己的存在感。三十五岁以后,自信心也比较足了,态度上开始变得大大咧咧,对待年轻部下有了点老资格的作风。一直一起并肩工作的同期进公司的同事们,只要是正常的部属职员,都自然而然地纷纷升职为"司法部领导"、"机动组领导"等职务。而我连一个候选人都没能当上!明白这个事实时,我内心发生了巨大动摇,这一点连我自己都深感意外。

为何我被踢出局了呢?

自然,没有任何人回答我。

其实我连问的勇气也没有。

因为,就算是别人罗列出来"你这儿不行"、"那儿不可以",我也不可能会认同。我当然知道自己有很多不足。可是,我最想知道的不是这个。

那时,支配我内心的是一种被害者意识,即:"或许……我被歧视了?"

我在公司里是属于绝对少数派的女记者。当然,我们公司在制度上没有性别歧视。所以,无论人事如何变动,都不是"歧视",而是根据"能力"。

也就是说,我能力不足,所以才"被踢出局"的。可是,可是,真的是如此吗?或许我不敢说自己比别人优秀,但是说我是平均分以下不是太过分了吗?而这一点也无法向任何人确认。因为公开形式上是不存在任何歧视的。

没有答案的问题实在是太恐怖了。

如何才能从这个左右为难的困境中脱离出来呢?当我思考这一点时,心底不禁打了个寒战。

我所能做的只有承认"自己能力不足",并且更加更加努力，除此之外别无选择。不，不是我不想努力，而是我努力努力再努力，而结果是再次"被踢出局"，如此循环往复的话，我的精神到底能够撑到何时呢？

没有回报的战斗，无论如何消除不掉的疑虑——"被歧视了吧"，以及号称"没有歧视"的公司。

如果不把这个称为"死亡三角"，又能称为什么呢？我好像陷入了一个无比糟糕的怪圈。难道公司职员必须要忍受如此残酷的考验吗？

因此，一直以来在公司里被培养得非常任性的我也开始发现，今后不能再这样下去了。

难道我今后的人生必须过这样的日子吗？每当宣布人事变动，心灵就不得安宁，为了不让自己成为怨妇幽灵，就必须不断地拼命控制自己……

再次极目远眺，所见之处似乎尽是遍布陷阱的冰冻荒野。无论怎么想，能够心情舒畅地跑出这片荒野的概率都低得可怜。

这种状况能让人心情不低落吗？

况且，还有钱的问题。

富豪生活能够持续到何时？

假设自己在公司跌跌撞撞地干到退休。然后呢？然后怎么办呢？无论再就业与否，收入肯定锐减无疑。如果那样的话，肯定无法维持现在这种生活。

重新回顾一下，这段时间我当真是花钱如流水。

随心所欲地购买喜欢的服装。每个月去一次中意的服装店，把堆积如山的服装啊鞋子什么的从头试到尾，然后买回一大堆。由于购买方式过于"男性化"，我只要一露面，店员明显会变得很兴奋。简直就是走红毯的气势。完全是"一个 pretty woman"的状态！

化妆品也是只买贵的。只要杂志什么的介绍"这个很好"，就想马上试试，结果发现买的化妆品档次越来越高。一旦买了贵的之后，就感觉再用便宜的产品皮肤就会很快衰老，结果就回不去了。后来甚至每十天就花一大笔钱去做一次全身 SPA。

现在仔细想来，自己都倍感惊讶。你这个家伙是艺人？还是模特？目标到底是什么呢？

不仅如此。饮食方面也贪欲无度。因为工作到很晚，所以几乎每天晚上都和同事在外面就餐。工作越是劳累，就越是在信息杂志上寻找美食店的信息，然后挨家吃个遍。如此说来，还是在警署巡回采访的时候，有一次在杂志上看到"河豚鱼白火锅"，大家都特别兴奋，当天晚上就打出租车一起去吃了。在喜欢的烤串店里，把菜单上的所有菜品一个不落地全部点了个遍。还有的时候，根本就品不出高级葡萄酒的味道，却乱喝一通。这种生活自然会发胖，于是便又不惜费用勤跑健身房。

啊，我渐渐想起来了……出差的时候，狂妄自大地不惜自付差额也要坐绿色（头等）车厢；还梦想着什么时候乘飞机也要乘商务舱。总之，用一句当时流行的话来说就是，那时的我追求的是"高人一等的生活"。拿着与身份不相称的高工资，完全迷失了自我。能够用自己赚的钱不断购买儿童时期得不到的东西，自尊心得到满足。以为实现了梦想。尽管这样仍不满足，经常看些不切实际的时尚杂志，脑海中不间断地浮现着"想要的东西清单"和"想去的地方清单"……

……不好意思，现在想起这些，我感觉脸上发烧。

下不来的列车

生长于经济高度发展时期，从来没有对"好学校"、"好公司"、"好人生"这个黄金方程式产生过疑问。如此茁壮成长起来的我，不知从何时起，过起了"富豪"（用金钱追求一切的生活态度）、"追求优越感"（必须比别人要"高一层"才能满足的精神）以及"欲望无止境"（虽然已经非常好，可是依然不满足，不断追求没到手的东西，越来越不满足）的生活。

欲望是努力的原动力，其结果是，得到的东西当然要享受，然而无论如何享受，肯定有更好的享受不到，于是便想追求、也不得不追求更好的。

在公司里如此，生活中也一样。

现在想来，这真是一列想下却下不来的列车。或者说,根本就没想过从上面下来。为什么一定要下来呢?生活如此光鲜亮丽,而且也可以混得下去。可是,我突然发现,一直在这个列车上的自己已经感到了某种莫名的不安。

自己好像一直在模模糊糊地思考:到底要做到什么程度呢?"这样就可以了"这种发自内心的满足究竟何时到来呢?

如前所述,我去中意的时尚服装店,与聊得来的"私人定制服装造型师"店员相谈甚欢,把堆积如山的服装和鞋子一一试穿。每次从试衣间出来,店员都说"哇,太适合您了"。我心情大好,于是从堆积如山的服装和鞋子中挑选出小山一样多的服装与鞋子,豪爽地说"今天就买这些了"。

然而,被店员奉承,花大钱买到服装的"那一瞬间"是幸福的顶点。之后,当我提着沉重的纸袋终于回到家时,那种感觉怎么说呢?连把那些衣服、鞋子从袋子里拿出来似乎都觉得麻烦!

刚开始发现自己的这种情绪时，我也吓了一跳。这究竟是为什么呢？

其实，根本不用思考，原因非常清楚。

因为，我已经拥有足够多的好衣服了。

衣柜里塞得满满的，已经没有放新衣服的空间。当我勉强用一个衣架挂两件衣服，把毛衣硬塞进已经拥挤不堪的箱子里时，即便不乐意，也会看到当初超级高兴地买下来却几年都未穿过的衣服。"那是啥衣服？"内心虽然强装出咄咄逼人的气势，却无法欺骗自己。毫无疑问，这让我非常痛苦。

然而，尽管心里非常清楚，但是一到换季，我就会去服装店，与往常一样，兴高采烈地投入到购物队伍中。虽然是不可理喻的行为，但是回首过往，我当时就是固执地认为自己必须那么做才行。因为，我想一直当"富人"。

除此之外，我不知道还有什么方法可以让自己开心满足。

想到这里，我真想拥抱一下那时的自己。自己那时也是够拼的。我觉得哪里不对头——如此下去的话可能是无尽头的地狱吧？可是，保持原样的话会不会太糟糕了呢？就这样，尽管内心深处极端恐惧，但是又不得不一个劲儿地这么拼命。

就这样，过着这种欲望无止境的生活，我走到了人生的转折点，并试着想象真实的老后生活。

在收入锐减的现实面前，想买的衣服鞋子买不了，优雅的旅行去不了，美食也要忍住不吃……"穷困潦倒的日子"，有什么好玩的事儿吗。不管干什么，好像都只会想到"想当初可不是这个样子"。

总之，如果以这种状态稀里糊涂无所事事地度过人生转折点，岂不是太糟糕了！即使现在过得再奢侈，不，正因为现在过得奢侈，将来哪怕稍微享受不到这种奢侈，就会被愁苦所困扰，可怜兮兮，无处可去。满脑子都是受害者的想法，说什么国家不好，社会不好，现在的年轻人无可救药等。随着年龄的增长，会变成一个相貌丑陋的老太婆，被人嫌弃，孤苦伶仃，无依无靠，最后孤独地死去。

必须要想办法改变这种状况。

在人生的转折点来临之前，我有了这种危机感。

自我改造计划

那么,我思考了什么呢?

工作方面暂且无计可施。公司的人事由公司决定,员工只有服从。所以才能拿工资。我只能姑且努力做好眼前的工作。

但是,关于钱的问题,我想自己也可以做一些事情。

那就是"确立即使没有钱也要快乐的生活方式"。

现在所追求的"快乐"全部是建立在金钱的基础上的。全部都是"如果更有钱的话,应该能够更快乐"。所以,无论有多少钱,结果都无法满足。还不够,还要更多,恶性循环。

这个……仔细想来,是通往地狱之路!

必须得从根本上改变思维方式。

因为,如果还是追求同样的东西,那么没钱之后,就只有"忍耐"。一段时间可以勉强持续忍耐,但是终究只是给感情强加上盖子的行为,无法持续漫长的一生。不,不,与其说做不到,不如说我压根就不想那么做!

不,即使没有钱也很快乐,"这种东西"存在吗?不,说的更进一步,没钱更快乐,这种东西是什么呢?

我必须把它找出来。不仅是找出来,还要实实在在拥有它。

对前辈的挖苦不知何时转化为了这个决心。

其二 "被流放"带来的财富

被流放到"乌冬面县"

我的目标是建立"没钱也能快乐"的生活方式……

这么写的话,感觉像是女性杂志封面上会有的带点小洒脱的标题。

然而,对我来说并非如此,这是一个非常严峻的课题。毕竟,我是单身,自己的人生如果自己不想办法,没有人会照顾我。本来一个老女人孤独一人生活下去就不是那么简单的事。至少,为了保持晚年的内心安宁,这一点必须要想办法找出来。否则,就会有大麻烦。

但是,具体该做什么,又该怎么做呢?其实是非常难的。

既然在视力所及之处看不到有这方面经验的先贤告诉

我该怎么做，那么我可以自己考虑。可是，由于我完全沉浸在沾满铜臭气息的暴发户生活中，所以无论如何想不出好主意。我所想到的不过是类似于制定"自主零钱制"，设置每天花钱的上限。但是，这样归根结底是纯粹的节约，与其说是"快乐"，不如说变成了"忍耐"。

所以，一段时间我什么也做不了，唯有任时光流逝。

然而，所谓人生，原本就是天无绝人之路，不久之后一件决定性的事情就降临了。

那是人类社会中对公司职员这类人的特别考验。对，就是"人事变动"。

当时，我三十八岁。人生的转折点就在眼前，我从大阪版编辑部主任被调到四国香川县高松总局的编辑部做主任。

说实话，完全是晴天霹雳。刚进公司的时候，作为记者，我和大家一样在地方上工作过，但是从第五年开始就在总部，之后一直在城市的大型组织中工作。所以一直自以为会这样在总部或者总部附近的城市生活下去。

高松是我刚进公司时最开始工作的地方,对它我满怀思念之情,非常喜欢。不过,话说回来,随着年龄的增长,我压根没有想过要再回到那里。虽然很惭愧,但是不可否认,我的心头掠过一丝伤感——就是那种"要开创出一片新天地"的年轻人,从农村跳出来,到了大城市,梦想破灭后再次回到农村的感觉。

不,让你去你就得去。但是,为什么是我呢?因为我的确不是个优秀的员工,而且还一天到晚口无遮拦、狂妄自大吧。嗯,还有一次被领导阴沉着脸痛批"你是个牢骚分子"。又或者,这是……歧视?我又听到之前的恶魔低语。

比我晚进公司的同事对我说:"稻垣小姐当真要被流放到岛上了吗?"对此,我只是一笑置之,但是内心无法平静。

时隔十四年后重返高松,高松的街道已经变得有些悲凉,一如我那时的心境。

我过去工作之时正值泡沫经济的顶点。当时,濑户大桥刚刚开通，人们对未来满怀憧憬——这样的话，我们这里就会和本州的其他大城市一样，便利而繁荣——整个城市充满了勃勃生机与活力。商业街上鳞次栉比地排列着和东京一样的品牌店，电影院也很多，一到节假日，整个城市都热闹非凡。

可是，在我离开高松之后的这段时间，泡沫经济破灭，濑户大桥与其说给当地带来了便利，倒不如说变成了被本州吸走营养物质的"吸管"。桥墩所在的岛屿上曾经盛大开业的观光设施逐渐关闭，县内唯一的主题公园虽然不断变化翻新，但也是经营困难。昔日那么繁华的商业街也到处是或关门或废弃的商店，弥漫着十足的荒凉与衰败。

与此相对，一直非常繁荣的是建在市郊的本州资本的购物中心。大城市哪里都有的这种大型连锁店，一到节假日就人气爆棚，恨不得引起严重堵车。这种情景仿佛我所钟爱的四国之雄高松已然变成了本州的殖民地，与我自己"被调离都市"的情感相融合，令我心情难以平静。

今后自己就在这里生活、工作下去了吗？不会有问题吧……

狭隘心理改变了人生

此时,我所受命的"总局编辑部主任"实在是一项斯多葛派信徒式的禁欲性工作。与总部不同,这里的编辑部主任只有一个人,毫不夸张地说,我从早到晚都被绑在公司。这是因为,不管怎样,报社就是这么一种制度,不通过编辑部主任,报道是登不上报纸的版面的。也就是说,编辑部主任无论如何都必须要按照晚报和晨报的出报时间来生活。

早上八点半之前上班。中午晚报组版结束后是午间休息。然后一直工作,直到晚上十点半之前晨报组版结束。

即使组版结束也并非被解放。要完成日后打算登载的策划或者连载内容,还要聆听因写不出报道而苦恼的总局员工的心声。哎哟,年轻人干劲十足,想与编辑部主任我讨论的问题之多可谓如山似海。而且思路不清晰,很难抓住要点。凌晨以后,我骑着自行车,摇摇晃晃地穿行在深夜的住宅区的情况司空见惯。

所以，别说玩乐时间了，我连外出吃饭的时间都没有。

也就是说，什么情况呢？

对，是这么回事。我没有花钱的机会！

当然节假日是有的，那时可以花钱。

然而，多年以来，我在大城市一直过着富豪般的生活，现在在这个令人有点疲惫的地方城市，"想买"的东西实在不是很多。那些貌似大城市商店的店铺以及大城市感觉的餐馆终究不是大城市本身。

总之呢，我首先在物理上就以非常消极的理由不得不对此前的"通过富豪生活追求幸福"死了心。

这个……不，这的确是"不花钱的生活方式"。

但是，要说是否开心，我只能说根本谈不上。只是朴实无华的乡村生活。

这样可不行！

我必须想办法找出与大城市不同的乐趣来。

回过头看，当时的我在"寻找乐趣"方面可是相当认真。或许这是源于一种说不清的狭隘心理——好像对"流放"自己的人说:"你们不是打算甩掉我这个累赘嘛,我偏偏不让你们得逞!""瞧,我现在过得多么开心快乐幸福!"

不过,现在看来,正是这种狭隘而拼命的念头改变了人生。

我首先经常光顾的是农产品的直销点。

现在,直销点以车站为中心,非常受欢迎,但是当时还处在黎明期。我也是在当地的地方杂志上看到一篇《让我们去直销点吧》的报道,才知道有这么个地方。我无法想象那是个什么地方,不过除此之外也无处可去。

赴任之后的第一个休息日,我手拿地图到处乱走,最后终于来到一个遍布屋檐的杂乱场所。这简直就是一个漂亮的本垒打!

货柜里豪爽地摆满蔬菜。与超市里排列整齐的蔬菜不同,这里的蔬菜摆放随意,既有超大号的也有极小号的,有弯曲的,也有长成两股叉的。此外,还随意地摆放着农家大婶做的寿司啊,蒟蒻啊,牡丹饼什么的。

狂野，有趣，最重要的是这种地方大城市是不可能有的，这点最让我开心。手里拿着堆成山的蔬菜，我百分之二百地趾高气扬地回家了。

"有萝卜啦"的那种幸福

从那以后，我开启了新的生活方式——每到休息日，必定光顾各地的直销点。叶菜很多的地方，大米种类丰富的地方，如果是山里的直销点，到了秋天还会有很多从未见过的菌菇上市。买得双手拿不下，也花不了一千日元。

这个乐趣（几乎）不亚于购买服装，价格却是如此低廉！

或许……没钱也能开心，就是说的这种事？

虽然如此，可是直销点的魅力绝非仅仅是"便宜"而已。

让我觉得魅力十足的是，直销点里有很多"没有的东西"。

超市里，不管什么季节，寻常蔬菜时时刻刻摆在那里。但是在直销点买蔬菜的话，无论愿意与否，你都会明白，蔬菜这个东西自有它的生长节奏，不到一定的季节是根本不能收获的。

比如说，萝卜。不是夸张，我，本人，以前对萝卜的时令季节完全一无所知。我一直以为，不论何时，不管是关东煮、炖菜或者萝卜泥，只要想吃就可以吃到。然而，在直销点，不到天冷，萝卜是绝对不会出现的。"哎呀，没有萝卜。""还不到时候吗？"——就这么想着想着，从某个季节开始，突然货架上到处都堆满了超大萝卜。

瞬间感觉，"啊，终于，终于……有了！"

然后，我家的餐桌上就天天有萝卜，顿顿少不了萝卜。天气暖和后可就没有了，所以就拼命地吃。白菜也是如此，白葱亦不例外。当然，也有很多蔬菜只在夏天才有。如西红柿、茄子、柿子椒。蔬菜按照自己的节奏生长，不以人的意志为转移。

对于这一点，各位怎么看？您是不是觉得"哎？太麻烦，不方便"呢？

令我自己都感到异常惊讶的是，这种情况竟然让我觉得非常奢侈。

以前无论何时去超市都能买到萝卜的时候，一点儿也没有觉得开心或者满足。但是，夏天过后，天气慢慢转凉，然后越来越冷，焦急地期待"啊，马上就到萝卜上市的季节了""想吃炖萝卜""还不到时候吗？还不到时候吗？萝卜……"如此心焦地等啊等，备受煎熬……终于，萝卜先生缓缓登场了！"哇，太好了！有萝卜啦！"那种开心简直就是欢呼雀跃。

不，当然，即使在高松，如果去超市，也都能随时买到萝卜。可是，一旦体会到了这个乐趣，超市的便利就实在是相形见绌了。

无论什么时候都能得到满足，这种情况在物质贫乏时代是非常奢侈的。但是，在现代社会，无论何时任何东西都不缺，几乎已经没有人觉得"有"是一件奢侈的事。

反倒是"无"显得更奢侈。

换句话说，直销点对于我来说，不仅仅是没钱也可以快乐的场所，更是一个迫使我改变以前从未考虑过的想法的地方，让我意识到，与"有"相比，"无"更加丰富多彩。

在意想不到的地方，我不断有着新的发现。

迷上无人所知的山中漫步

我在高松找到的另一个乐趣是"山中漫步"。

这源于我在附近的书店里看到的一本名叫《香川县的山》的书。里面记载的全是些无人知晓的小山，连县内的人都不知道。确实，我也很想攀登一下名列日本百座名山的山。可是，香川县恰好没有这种山。话说回来，我作为编辑部主任统管总局，除了盂兰盆节和新年以外，根本出不了县，只能享受身边已有的东西。

确认好地图以后，我一边请教当地的农户，一边寻找难以发现的登山口，沿着眼看要坍塌的山路，默默攀登。没有人会爬这么索然无味的山，所以农户们都笑我"您这是去哪里啊""您可真行"。

不过呢，这可当真不错。

乍暖还寒时节，柔和的阳光中桃花一望无际。说到桃花，您见过的吧？就是那种粉红色的、比樱花更厚实更顽强的花，娇艳无比。极目远眺，目光所及之处，盛开一片。这如果是在东京近郊，人们肯定说"现在正是最佳观赏期"，于是观光车云集。但是，这里没有任何人。"这才是真正的桃花源"，我独自兴奋不已，却无人分享我的喜悦……

寒冷刺骨的冬日里，朝山中小寺庙行进途中，降雪不期而至。到达仿佛紧贴着悬崖而建的寺庙后，一片暴风雪中，我敲响了寺庙的钟（因为上面写着可以敲!）。空无一人的环境中，"咚——"，钟声的颤音在大雪中扩散开去。那一瞬间简直就如梦境。不过，依然无人分享这种感动（笑）。

季节不同，天气不同，大自然的表情也不一样。一个人静静地行走在其中，永远无法想象下一步会遇到什么。

当我体会到这种惊喜、辛劳以及不断的感动后，主题公园以及游戏等花钱买开心的人工娱乐就显得是小儿科了。正所谓"人生何处无青山",而且享受这些乐趣一分钱也不要花。

遍路①朝圣者的笑容为何如此灿烂

日子就这样一天天过去,期间发生了一件我至今难以忘怀的事。

有一天,与往常一样,因为长时间的工作,我疲惫至极,而且与心眼儿又坏又无能只有权力的总部编辑部主任(对不起,我当时就是这么想的……)的沟通也完全没有进展。对此,我想抛下一切,可是这当然无法实现。总算到了休息日,我拼命起了个大早,在山中不停歇地行走。路上与一位大约七十岁的遍路朝圣老人擦肩而过,和平时一样,我向他打招呼"您好"。此时,一种完全没有预料到的强烈情感袭上了心头。

就这样,我一个人一步一步地往前走,突然"哇——"

---

① 朝圣(者)。巡礼(者)。在日本指前往四国地区八十八名刹(的人)。

的一声哭了出来，根本无法抑制。

这无关悲喜。

如果非要用语言描述，那就是"虚无"。

不过这是一种强烈的"虚无"。具体无法用言语形容，反正就是那种无休无止的什么东西融化了的感觉。

原因非常清楚。我被老人的笑脸打动了。

我一个人走在山路上时，经常会与衣着白色独特装束、拿着手杖的遍路朝圣者擦肩而过。这是因为香川县的山路有很多地方与朝圣道路是重合的。

遍路朝圣者们的笑容真的非常灿烂。

在我的一生中，那种笑脸此前和后来都没有见过。与人擦肩而过时，会相互打个招呼，说声"您好"，当然一般人也会在打招呼的时候露出笑脸。可是，这些衣着白色装束的遍路朝圣者们的笑脸，怎么说呢，其笑容背后以及背后的背后没有任何踌躇和羞涩……啊，我不知道该怎么表达。如果非要说的话，就是"干净透明的笑脸"。啊，我第一次意识到，笑脸原来就是这种表情啊……

于是，那一天，它就像一道光束，刺破了我心中那非常细小但坚硬无比、格棱格棱像石头样的东西。不知为何，它瞬间融化了我心中的石头。

自那以来，我不得不深入思考，那个表情究竟是从哪里来的呢？

遍路朝圣者们从临近的德岛县出发，经过高知县和爱媛县，最后在香川县走到终点。也就是说，我遇见的遍路朝圣者们抱着各种想法，独自一人历尽千辛万苦，默默地行走，这期间会遇到很多人，既能感受到大自然的热情，也会经受大自然的历练，终于，终于接近终点。或许正是因为他们经历过了以上种种，所以才有那种笑脸吧。

人的幸福到底是什么呢？我们总是为了追求物质、金钱或者地位而每日劳累奔波。因为我们认为只要得到这些东西就可以变得幸福。但是，遍路朝圣者们不带任何东西，只身一人用一具血肉之躯就投入到磨难之中。横在面前的也许是难以对人言说的、无法解决的苦难。他们这么做并非是认为其中蕴含着幸福,而可能是根本无法抑制的自觉行动。

这么做,最后获得的就是那种"干净透明的笑脸"。不,那不是获得的,而是那些人心中本来就有的东西。只是,在来到这里之前,它的存在甚至被忘记了,被抛弃在内心深处,枯萎而凋零。当抛开了所有欲望、困惑与仇恨时,它才得到浇灌,生机勃勃地复苏过来,出现在外面。难道不是这样吗?

在此之前,我一直认为只有得到什么才是幸福。但是,或许只有舍弃什么才是通往幸福之路……

如此一来,即使不花钱也可以快乐地生活。不仅如此,我甚至开始弄不明白金钱与快乐到底是什么关系了。

就在我这样漫无边际地东想西想时,发生了什么情况呢?

是的,我越来越不花钱了。不,与其说不花钱,不如说我不再"想花钱"了。

其结果就是，我的钱一点点但是实实在在地开始攒了起来。

乌冬面与储蓄之间的密切联系

金钱真是不可思议的东西。

所有的人都认为，有钱就会幸福，反之则不幸。我以前也一直是这么想的，所以才想要钱。但是，金钱这个东西似乎并不那么单纯。这家伙出乎意料地别扭，或者说挺复杂的。

之所以这么说，也是因为，越是想要钱的人（以前的我）偏偏越没钱。即使一下有了钱，钱也很快就会离你而去。因为很快就会花光。可是，在你产生"钱不钱的，无所谓啦"的念头的瞬间，似乎金钱离你越来越近，而且久久不会离去。

这是我在香川县学到的。金钱现在对我来说，依然是一个永远的谜。

最近，我觉得金钱似乎就像异性一样，你追得越紧，对方跑得越快,而当你采取不冷不淡的态度——"呀,随便吧,无所谓啦"——时,对方反倒主动靠近了过来。

由于难得谈到这个话题,在此我想稍稍改变一下观点,试着更进一步思考一下金钱这个东西。

因为"被流放到岛上",我获得了人生的一个智慧,其结果是不再花钱,进而开始攒到钱。您可能会说,"既然是这样,那么即使去全国其他的很多地方,也会发生同样的情况吧",但是我认为可能未必如此。

之所以这么说,是因为香川县是全国唯一一个对金钱有着独特哲学观的地方。

不太为人所知的是,香川县有两样引以为豪的东西位列"日本第一"。

其一,我不说大家也都知道,就是"乌冬面"。在香川县,平均每个家庭的乌冬面与荞麦面的消费量正如您想象的一样,遥遥领先于其他地方,是"日本第一",达到全国平均的两倍以上。我以前作为职场新人在香川的时候,在警察局的记者俱乐部,每天必点的外卖就是乌冬面。

顺便提一下,在赞岐①乌冬面热之后,现在这家乌冬面馆非常有名,一定会出现在旅游指南上。但是,我当时只是觉得它就是附近一家非常普通的乌冬面馆而已。当然,味道绝佳。于是,很多时候我都点"大份"。晚上喝完酒之后必定是来一碗"最后主食乌冬面"。吃乌冬面很容易长胖……于是,这段时间毫无疑问是我人生中最胖的阶段。不过,我可丝毫不后悔!

啊,话题扯得有点远了。不过,香川人就是这样,无论什么时候都吃乌冬面。总之,乌冬面不是什么特别的东西,对于香川县人来说就是日常"主食"。

另外一个"日本第一"可能就没有那么多人知道了,它就是香川每户家庭的平均储蓄额是日本最高的(2008年的数据)。

这个应该有点意外吧?因为,从日本整体来看,四国的经济规模相当小。据说,即使把四个县全部合起来计

---

① 日本地名,以盛产乌冬面而闻名。

算，四国的 GNP 也只占到整个日本的 3%。经济规模如此，自然这里的人也就赚不到什么钱了。

但是，储蓄额很高。这到底说明了什么呢？

答案只有一个。

即香川县人不花钱。

那么，"乌冬面消费量日本第一"与"储蓄额日本第一"之间事实上有着非常密切的关系吧？这是我的假说。而这个假说本身对我关于金钱的看法产生了巨大的影响。

香川县人为何不花钱呢？我的假说是，最终原因归结于"乌冬面"。

因为香川县的乌冬面真的非常便宜。香川县人经常去的自助式餐馆，一碗素乌冬面只要一百日元左右。加浇头的话，价格会不一样。但是，即使豁出去最大极限地要上三种天妇罗，也很难超过五百日元。达到一千日元一般根本就不可能。

所以，香川县人根本不想去那种寻常大城市里午餐要消费一千日元以上的店。因为，他们一定会说："那样的话，可以吃多少碗乌冬面啊。"也就是说，一碗乌冬面已经成为他们考虑价格时的"计算标准"。不是"日元"，而是"乌冬面"。

试想一下就会明白，这是一个超级现实而又形象的标准。日元不会让肚子鼓起来，而乌冬面可以实实在在地让人活上半天。人不吃饭活不下去。也就是说，判断商品或服务"昂贵还是低廉"的时候，以"乌冬面"为参照物，瞬间就可以判断出来，为了生存下去，该怎么花钱。

比如香川县一直努力维持的主题公园。泡沫经济时期建成的类似游乐场和主题公园的设施，虽然各路经营者使出浑身解数不断变换花样，试图吸引顾客，可是效果就是不理想。

这到底是为什么呢？就此，我曾采访过年轻的总局员工。他的分析是这样的：门票需要花费几千日元的设施在香川县是不可能维持下去的。为何呢？是的，因为香川县人认为，"嗯，光是门票就可以吃几十碗乌冬面了"。换句话说，就是太贵了，不合算，条件过于苛刻。主题公园是销售"梦想"的生意，只有无视现实问题花费钞票，买卖才能做成。可是,这种梦想家的理论在香川县人这里行不通。

这是好还是坏,要看怎么理解。但是,毫无疑问,采取这种思维方式确实会攒下钱。说到攒钱,一般常识认为,很多情况必须"忍耐",也就是说为了将来安心,需要牺牲现在。但是,香川县人不是这样。

他们并非忍着不去主题公园。他们只是不想花费自己不认可的费用。那样让他们觉得愉悦。而结果就是攒下钱。

这是不是很了不起?一直自然而然地出色完成这个的就是"乌冬面县"的人们。

不仅如此,还有一种情况我也觉得"很厉害"。

那就是销售他们的"基础通货"——乌冬面——的人们。

《可怕的赞岐乌冬面》成为畅销书后,引发了"赞岐乌冬面热",此前一直面向当地人、简简单单营业的各地乌冬面馆迎来了来自全国的"巡礼"客,这种情况不再罕见。受此影响,农村的小店铺前外地车牌的车子蜂拥而至，排成长队，于是店铺的人不得不应对附近邻居的抱怨。不少店铺被迫作出相应投资，用于确保自家店前的停车位够用，并扩大店铺规模，增加桌椅，让顾客可以安心食用乌冬面。

依我这个外行人陋见，一般情况下如果投资到这个程度，而且顾客这么多，即使出现提价赚钱的店铺也不意外。

当然，可能的确有这么一部分店铺。不过，绝大多数店铺并没有因此热潮而提价。他们依然用一碗一百日元左右的价格，非常自然地公平对待蜂拥而至的顾客。虽然忙得不可开交，但是一直坦然平静地持续营业。

这个嘛，应该就是使用"基础通货"——乌冬面——的人们的矜持吧？所谓生意，并不是买卖赚钱就可以了。物品的价格也并非只取决于供需。根据"东西"是什么，存在被允许的价格和不被允许的价格。守护好这个度，从长远来看就是守护生意。当然，亏本的买卖不能做，但是盈利过度也不行。

不，我想，这种事不用我说，只要是做生意的人都心如明镜，可是说起来容易做起来难。尤其是万事皆顺时谬误的种子就会埋下。想到这里，热潮之中让顾客满意，不给周围人添麻烦，不乘机过度盈利，并一直坚守这个本分——所有以上这些创造出"乌冬面县"基础通货的人们的一丝不苟的气魄，再次深刻地告诉了我，何谓经济，何谓金钱。

有幸在这么了不起的"乌冬面县"生活，我也切切实实地发生了改变。我觉得，关于金钱，必须更加认真地思考。"只要有钱就会开心、幸福，反之则不安、不幸。"我以前一直是这么认为的。可是，金钱似乎并非是这么单纯的东西。

仅仅自己攒下钱并任性花费就开心了吗？不，一定不是这样。金钱是这么一种东西，只要不贪得无厌，自然就会拥有。问题是该怎么用它。用得好的话，会得到比仅仅是"买喜欢的东西"更高层次、更有意思也更了不起的收获。

虽然具体说不清楚，但是我从赞岐人身上学到的东西非常非常多。

可怕的赞岐乌冬面。

但是,更可怕的是"乌冬面县"的那些人们。

总而言之,言而总之,我与赞岐这个地方有缘,在这里完全学会了不花钱的生活。恰好在人生的转折点,切实掌握了"不花钱也可以开心的生活方式"。

公司职员生活与五十岁

仔细想来,这段时间我还说了一句值得纪念的话。

那是与高松的一位好朋友聊天的时候。

报社这种单位调动工作非常频繁,就我被任命为总局编辑部主任这种情况,一般是两年左右就要调动到下一个地方。一次,我们非常偶然地谈到这个话题,她说:"哎?太过分了吧?那也太孤单了吧。你干脆辞掉工作住在高松好了。"当然,我想她肯定不是发自内心地给我提这个建议,而是以这种形式贴心地表达我们关系的亲密而已。

因此,本来我应该也是就那么听听而已,笑着说"那我可做不到",或者开个玩笑,说"是啊,我要不就在这里生活吧"。

然而,那时,她的话在我的脑海中奇妙地产生了反应。

辞掉工作?

这种事情我以前从来没有想过。自己好不容易在一个稳定的公司工作,并在其中付出了相应的努力,即便被划过或大或小的一些叉号,但是总算干到了现在。这是今后也一直在公司工作下去的理所当然的前提。正因为如此,即使有烦恼与痛苦,也从来没有推翻餐桌,说什么"够了,再也受不了了"之类的话,而是不断激励自己,"如果不在这里坚持下去的话,以后怎么办呢?"

可是,难道……辞职?在职业生涯的中途?

这时,我感觉一个想法虽然轻微却实实在在在心中闪了一下,"这个……或许……真可能……"。因为,我发现自己是这么回答的:

"不,五十岁之前不能辞职。五十岁以后再考虑。"

哎呀,语言这种东西真是可怕。瞬间,此前从未考虑过的事情突然一下子就跳了出来。

可是,事后回过头来看,所有的语言背后都积聚了相应的理由。

为什么这么说呢?现在回头看来,我想,无论如何,一个很重要的原因还是与自己在当地发现了"即使没有钱也可以过得幸福的方法"有关。说得露骨一点,把公司与公司职员黏合在一起的最重要的东西是"工资"。很多情况下,公司员工的志向是过上与工资相符的生活。所以,无论工资多寡,如果辞职的话,以前的生活就继续不下去了。因此,辞职也就非常困难。

但是,我在高松渐渐远离了"拿多少工资花多少"的生活。这绝非是为了将来而忍耐,而是因为,我认为那样我很快乐,不,与其说如此,不如说那样我更快乐。其结果非常出乎意料,"拿的钱"与"花的钱"被分开了。这么一来,加上自己又是自由自在一个人,搞得好的话,什么时候从公司辞职不就可以是一个选择项了吗?我现在觉得,当时那一瞬间自己就是这么想的。

那么,为何突然提出五十岁这个数字呢?我至今还未弄明白。

但是，有一点是可以想到的。

我想，这是由于，过去我采访宗教学者山折哲雄老师的时候，得知"古代印度人把人生分为四个阶段思考"，这给我留下了深刻印象。

这四个阶段是："梵行期"、"家住期"、"林栖期"、"遁世期"。

"梵行期"是进入社会之前的时期。在父母保护下被养育成人，在学校学习，为以后独立做准备。

接着是"家住期"，进入社会工作，个人生活方面，成立家庭，养育子女。

……说到这里，我觉得我们日本人一般也是这种想法。

问题是接下来的两个。

日本的情况一般是参加工作的人一直干到退休才不再工作。然后开始"退休后"的生活。进入长寿社会以后，也有越来越多的人把这段时期作为"第二人生"。不过，不管怎么说，一般是按照"梵行期"、"家住期"、"退休后"这三个阶段来理解人生的。

但是,古代印度人把这段时期又分成了两部分。其关键点就是第三个"林栖期"。

"林栖",也就是隐居山林。换句话说就是弃家出走。工作与养育子女告一段落后,离开家庭,远离世俗,隐居到一无所有的山林。

不过,虽然远离世俗,但并非彻底离开,会时常回家看望妻子和孩子。顺便提一下,最后的"遁世期",则是完全进入宗教的世界,而"林栖期"则没有达到那种程度。

那种感觉或许就是不绝退路,过所谓"尝试性宗教生活"吧。要说不彻底就是不彻底,要说不负责任就是不负责任。

可是,现在寿命这么长,这种"林栖期"的思维方式不是可以给今后日本人的人生观带来一些启示吗?山折老师如是说。

对于当时还处于三十五岁之前的我来说,虽然认为这种说法很有意思,但是觉得还离自己非常非常遥远,根本就是别人的事。可是，随着年龄的增加，我逐渐把"林栖期"当作自己的问题来考虑了。

在公司里，到了骨干年龄时，身边的同事退休这种事就越来越多。我一看就知道他们有很多痛苦。我想，虽然也有金钱的问题，但是他们失去"为了什么而活下去"这个目标的痛苦比旁观者看到的更甚。这一点回头看一下自己就非常清楚。在组织中，竞争一个接着一个，获胜的话，就可以得到相应的地位和报酬。对于几十年来反复玩这种"干得不错的游戏"的人来说，悠然自得的生活一定是出乎意料地没有魅力。

想到这一点，从"公司职员"到"退休后"让人觉得简直就像是粗鲁的换挡。

退休充其量不过是公司用时间划分的物理时期。完全把自己的人生交给它岂不是太危险了？虽说是"第二人生"，但是既非附加人生亦非二流人生。一旦做了公司职员，很容易动辄就以为拼命工作拼命赚钱就是人生的"华彩"，是最辉煌的时候。可是，人的一生原本就没有表与里，也没有正式与附加。所有一切都是无可取代的自己的人生。

想到这里，岂不是必须要非常认真地对待"第二人生"并且花费足够的时间去探索呢？这么一来，所谓"林栖期"或许就是其非常非常重要的"探索期"？如果是这样，那么这段时期究竟从何时开始好呢？这个疑问在我心底扎下了根。

说到"何时开始"，自然觉得至少是退休前为好。不，当然退休后也可以，不过如果这个时期还是被别人来划分，说着这个那个，天天被杂事所累，无论是准备还是决心都不充分，就这样稀里糊涂地迎来这一天。其结果是，不知何时就那么迷迷糊糊地进入了"老年生活"时间。

还有体力问题。要开始做一件新事情必须有相应的精力。当然每个人之间差别很大，就我来说，我感觉六十岁的话有点太晚了。

就这样，毫无缘由地，"五十岁"＝"林栖期"这念头不断在我心底盘旋。

这种潜在意识在我和高松那位朋友说话时突然冒了出

来，连我自己都吓了一跳。

"努力到五十岁。"是的，现在还不能辞职。辞职后能否做好自己，包括生活在内，必须做相应的计划和准备。而且最重要的是，我不觉得自己已经把在公司该做的事情全部做完了。我还想让自己变得更强大一些，继续向同事或者前辈学习，也还没有报答公司的恩情。

"五十岁以后考虑。"对，现在还不能辞职，不过，不要以为我要一直在公司待下去。无论是物理上，还是精神上，我都必须探索从公司出来自立并进入"林栖期"的时期。

"语言魔咒"真的很准。

从这时起，"五十岁辞职"这个选项就在我的脑海里带着现实性，慢慢地开始形成一个轮廓。

其三 "完全化为灰烬"后毕业

公司可能并不可怕

现在回过头来看,想来是从这时开始,虽然是一点点地,可是我与公司的关系的确开始动摇起来。

一言而概之,就是公司这种东西渐渐地不再是"恐怖的存在"。

与此同时,工作也变得非常有趣且充满自由。

写到这里,可能会有人误解,认为公司是不是对我做了什么恶劣的事情,或者我被迫战战兢兢地工作。不是这么回事。《朝日新闻》远比人们想象得有人情味,即使是仅凭干劲而入职的毛手毛脚的新记者,也可以得到简直想象不到的众多善解人意的上司或前辈的关照,从而茁壮成长起来。

我的一些想法非常不合情理，简直骇人听闻，前辈们却认为有意思。而且仅仅是想法很超前，但是采访时处处有不足，于是前辈们就耐心地指导我，为我补窟窿。各位前辈实在是神仙在世。我今生今世感激不尽！再次回想起来，当时的我"只是说话狂妄自大，却无半点实力"，百分百毫无疑问是一个最啰嗦最讨厌的新人。那个一点都不可爱的家伙不能给自己带来任何好处，很多人却认为"要想办法帮她"，这不得不说是志同道合的同伴集中在一起的"公司"这个地方所特有的奇迹。

得益于此，经过长时间的探索尝试，我终于马马虎虎成为了一名专业记者。自己发现认为"有意思"的事情，进行策划，与上司沟通，登载到报纸版面上。这一系列工作勉强可以完成了。我切实感受到，只要会做这些，新闻记者无论调任到什么地方，基本都可以按照自己的方式生存下去。

然而，另一方面，即使非常任性和自以为是，如果不怕丢人，说句实话，其实我还是一直很在意"上司的评价"的。如果可能，我多么想自己不是这种人！瞧，我现在是自己过去一直憧憬的新闻记者，其他再无所求，每天能够一门心思、勇往直前地采访是多么酷啊。

可是，事情并不是这么简单。

如果公司对你的评价低，在公司待着就会很不舒服，报道也无法登载。杀死新闻记者无需用利刃，只要他写的报道登载不了，记者就活不下去。连好不容易配合自己的被采访者对自己的信任也丧失了，对采访本身也开始畏首畏脚。正如前面所写，我也曾有过痛苦的感受：由于女记者是少数派，只有做出比别人更好的成绩，才能最终被承认。

各种事情都必须做出不亚于同事的成绩，不可以让别人看到自己的弱点……如果做不到这些，即使有一天被组织踢出局也一点都不奇怪。我感觉自己过去似乎就是这样一直被以上强迫观念所束缚着。

而且，对我来说更加意想不到的是，无论工作时间再长经验再丰富，这种强迫观念都丝毫没有减少，不仅如此，反倒越发变本加厉。这种可怕的现实，简直让人想连呼"不，不，我不要听"。

年轻的时候，我一直深信不疑地认为，随着年龄的增长，成为老资格的员工，就可以更加自由与安乐。我以为，有了作为记者的能力，能随意使唤后面进来的人，所以可以摆出一副老资格的面孔，在公司里左右逢源，游刃有余。

然而，现实完全出乎意料，是反的！

我前面也写到过，掌握了一定的技艺、面临中年期的公司职员逐渐成为被公司"甄别"的对象。昨天还是同事或者比自己资格浅的后辈从今天起成为了上司，这种情况司空见惯。于是，以前曾教导或叱责的对象如今在修改自己的稿件或者批评自己的策划。对于这种事情，如果不能发自内心地坦然忍耐，日常工作就无法进行。好不容易掌握的作为记者的独立能力也会成为水中月镜中花。

而且，我没有自信可以坦然忍耐。

结果，随着年龄的增加，我开始觉得，过去曾经忍耐自己、保护自己并培养自己的公司不知道什么时候就会伤害自己，实在恐怖至极。而且，这种"心灵的战斗"在未来的十多年里一定会越来越激烈。对于这种恐怖，我必须忍耐到何时呢？如果输给公司，自己会落个什么结局呢……

想到这里，过去曾经那么喜欢的新闻记者这个工作也似乎变得如履薄冰，唯恐失败，害怕被减分。

工作到底是什么？公司又是什么？

人到中年的我无论怎么努力都看不到前途，眼前只有漆黑一片，我开始迷失在里面。

然而，经过在"乌冬面县"的生活，我似乎慢慢地重新开启了人生。

因为，我的想法变成了"那又如何？""那"当然是别人对自己的评价。

为什么呢？原因恐怕只有一个。

金钱。

金钱与工作的奇妙关系

世间被视为理所当然的事情之一就是"能赚很多钱的人拼命工作"。但是,此时发生在我身上的正好与其相反。

正如我此前所写到的一样,我人到中年,很快就担心老年,面对的现实是现在这种富裕生活不可能永远持续下去,必须要有相应对策。对此我充满忧虑。告诫自己必须要确立一种"即使没有钱也可以快乐的生活方式",并赤手空拳打天下至今。我遇到过各种各样的人,得到了无可取代的宝贵教诲,慢慢地,这个方法逐渐清晰起来。

然后,发生了什么呢?答案是:虽然我不会说"什么钱不钱的,无所谓",但是我不再想"过那种拿多少钱花多少的日子"了。

不花钱也可以快乐,不,没钱更开心。当我开始发现世上还有这种事时,以前的那种想当然的"最大限度地把工资花完,过奢侈生活"的想法自然就飞到九霄云外了。那种事情从我眼中消失了。

于是，我不再关心能拿到多少钱。

这么一来，慢慢地，那种被公司支配的感觉以及必须要做到不被公司嫌弃的感觉，明显开始变淡。

当然，现实社会中（人）是靠公司的工资吃饭的。可是，尽管如此，一旦发生什么事情，工资没那么多也能够勉强过得下去。仅仅是如此胡思乱想，原本开始变得不自由的工作渐渐又恢复了自由。

要问我干了什么，答案是：我开始埋头于不依赖任何人的工作之中。

比如，我当时在高松做的工作中就有"把截稿时间提前"这种事情。

我想，一般人很难理解——从业界常识来看这么做会引起怎样的风波，所以稍加解释。

对于报社来说，截稿时间是非常重要的。也就是说，截稿时间早的话，"晚一点"的新闻就加不进去了。比如，早报上就登载不了前一天职业棒球赛加时赛的结果。要想给读者传递最新鲜的新闻，那么截稿时间越晚越好。因此，各家报社都投入巨额资金，在全国各地建立印刷厂，或者提高印刷效率，尽可能缩短截稿时间与报纸送到读者手中的时间。

那么，结果如何呢？

我刚参加工作的时候，也在高松工作过。那时，过了下午六点，大家基本都完成工作，年轻的同事们几乎每晚都一起出去吃饭。因为截稿时间早。这在处处碰壁的初出茅庐的记者生活中，可是非常宝贵的解放空间。大家一起发发牢骚，叫叫苦，总之过得非常愉快。

可是，当我作为编辑部主任回到高松一看，情况完全发生了变化。一直到接近晚上十点，总局的员工们全部都还待在公司，忙于检查或确认当天写出的稿件。

原因就在于截稿时间比以前晚了。

惊讶于与以前的差距，我问总局的员工，晚饭怎么解决。得到的回答是，"基本是便利店吧。"哎？不，不是说便利店不好。可是，每天都是便利店便当的话，会怎么样呢？我试着想象了一下吃便当的总局员工们的样子。回家途中，经过便利店时买便当回去。或者，工作到一半的时候，在附近的便利店买便当在公司的办公桌上吃……嗯，这个时候不和人说话，没有交流。可能是我这个人太老古董了吧，我觉得吃饭这件事更应该是放松情绪与缓解人际关系的场合。而且，新闻记者这一行，无论再忙，既然工作是描述这个社会，就不可以对世间一无所知。应该是走到街上，看各种各样的人，感受各种事情，这种机会越多越好。便利店虽然也是世间的一个断面，不过这个世界充满了更多的多样性……

虽然这么说会得罪人，但是与我刚参加工作的时候——也就是截稿时间更早的时候——相比，截稿时间一直推迟到晚上近十点钟的报纸变得更好了吗？其实并非如此。无非是可以登载晚上发生的交通事故这种小新闻罢了。当然，这也不是没有意义，而是说这种小事真的有意义到值得很多总局员工一直被公司束缚到半夜吗？我的结论是"我觉得意义不大"。

于是，我提议来一个违反业界常识的"猛招"——把截稿时间提前一个小时以上。虽然受到公司各方的诸多批判，不过幸运的是，不仅当时的上司全面替我挡箭，而且一旦公开裁决，与有人批判我一样，到处也有人明里暗里地支持我。

就这样，猛招以"实验"的形式总算开始实施，并经过一系列艰难曲折，最终推广到全国各地的总局。这件事情总算完成了，可喜可贺……当我想这么说的时候，谁知这个尝试竟然成为被公司推进地方裁员所利用的一个理由，这让我了解到公司这种东西实在是可怕至极。算了，这是后话。对当时的我而言，这个尝试作为一件非常新鲜的快乐事情，深深地留在了记忆之中。

一旦害怕公司这种组织，那么即使对有些事情感到奇怪、不合理，也会屈服于组织的威权，不敢发声。但是，如果有时间在无人所知的地方发牢骚，不如勇敢地从正面提出自己的看法。即使失败了也没什么大不了。

此外，我还有个意外的发现。

这就是，即使自己无权无势，只要鼓起勇气发声，自然就会发现与自己有着同样想法的同伴在哪里。不，可能正是因为自己无权无势，才会发现这一点。因为他们即使帮助我，也没有任何好处。结果就是，当我今后想做什么的时候,很清楚地知道应该向谁求助,又该和谁商量。

总之,重要的是我想做的事情如何才能实现。说什么自己一定要成为大人物才能做到,根本不是那么回事。虽然我不是《朝日新闻》的社长,不过只要我想法好,有时不是比社长还能按照自己的想法改变公司吗?

"《朝日新闻》变革会"

从这个经验中尝到甜头后,我开始脱离公司方针,随意创造一些出格的工作。

为了削减人力成本,以地方裁员为目标,公司新设了一个职位。我被任命到这个职位时,委婉地(可能是……)拒绝了公司提议的工作内容。因为,我个人认为这种裁员本来就不应该。

但是,也并非什么都不做。我绞尽脑汁反复推敲策略,最后想到的是,阅读所有总局的地方报纸,从中发掘"不错的报道",并撰写报告大加赞扬。因为,包括我在内,总部的人们整天指责"总局太宽松了"、"非常散漫",

但其实根本就不关心总局的员工每天写些什么报道。总局的人也知道这一点，于是双方愈发对彼此不信任，情况越来越糟糕。说什么裁员啊这啊那啊的，在此之前，首先必须改变这一点，否则无济于事。于是我找到一个谁也不好反对的理由，说"无论如何，重要的是要激活在地方工作的人们的活力"，然后开始每周通过公司内部邮件系统把长篇报告发送给大阪总部的所有编辑。

就是这么一件小事，影响力之大却超乎想象。可见公司对地方版一直是多么忽视。实际上，看一下就会发现，比起处处都是按照计划、充满和谐的"好孩子"报道的全国版来说，地方版上有很多凝聚了记者和编辑部主任心血的报道，非常有意思。我所做的只不过是让这个情况"被看见"，但是就是这件小事切实改变了公司的氛围。渐渐地，地方版报纸开始包揽被授予好报道的每月奖项。

也有人对此感到不爽，严厉叱责我说"你的做法太卑鄙了"。哎呀，这正是我想要的叱责！这恰恰说明我让这个充满传统的组织发生了动摇——我自卖自夸，暗自窃笑。总之，那段时间，不管我去哪个总局出差，都受到热烈欢迎，一边享受美酒佳肴，一边与年轻的总局职员们聊得热火朝天，拥有了对于中年单身女人来说难得的一段快乐时光。除此之外，我还奢求什么呢？

担任社会部编辑部主任的时候，在本职工作之余，我曾经自发开始了一个名为"一个人的项目"的活动，制作了小册子。初衷是对因总部迁移而决定关门的公司食堂的大叔大妈们表示感谢，实际上，还有一个更大的目的，就是随着经营进一步困难，公司失去了自由氛围与活力，对此我非常不喜欢，于是就想通过事实证明，即使是在零预算零人员的情况下，我也肯定可以做些什么。

而这个"什么"真的做到了。最初，我原本打算使用公司内部邮件系统进行问卷调查，编辑及装订工作全部一个人完成。谁知不仅众多公司员工给我寄来了回答，而且，为了把几千张复印纸制作成册，需要把纸对折，这种简单得不能再简单的工作都有从大人物到年轻的新手志愿帮忙做，甚至还有设计师主动请缨制作插图……也就是说，无数人利用自己的时间主动提出帮助。当然，所有这些都与公司的评价或考核没有任何关系。不过，这让我明白一个道理，如果你有什么想法想向别人表达，那么无论事情多么微不足道，都会有人主动对你伸出援手。

"《朝日新闻》之火还远远没有熄灭！"我一个人情绪高涨地想。

一旦不再需要金钱，工作就有趣起来

就这样，我重新进行了思考，觉得金钱与工作之间的关系实在非常复杂。

"给出高工资就能招到优秀人才。"反过来，如果站在公司员工的角度，把这个常识换个说法的话，就会变成这样："拿的工资越高，工作就越有干劲做得越好。"

外国的情况如何我不得而知，但是至少在日本，这个想法在所有公司都被认为理所当然。

也就是说，在公司里，职位越高工资就越高。搞砸了的话，作为处罚会受到降薪处分。也就是说，评价与金钱是联系在一起的。所以，如果想赚更多的钱，就必须做好工作。这可以提高员工的积极性，甚至关系到公司的发展……这被认为是毫无疑问、不言自明的道理。

但是，我的切实感受是事情似乎并不那么简单。之所以这么说，是因为，我这么积极地开始主动找事情或者选题来做，与"想要更多的钱"这一动机没有半毛钱关系。

倒不如说，情况正好相反。

当你不关心拿到多少钱时，也就不再在意别人对自己的评价。因为"评价＝金钱"。于是，比起这种小事——即比起在意别人或上司如何看待自己，此时更想做一些应该做的和想做的事情。随便怎么评价都无所谓。万一有什么，被炒鱿鱼也没关系。当然，这种话我不会说出口，我只是想堂堂正正做些自己想做的事情。

这种感觉实在是太爽了。

我认为，即使对公司来说，有这种员工也不是件坏事。如果把工资当作饵料支配员工，那些只在意上级领导看法的员工就会变得飞扬跋扈。要达到眼前的短期目标，或许这样也可以。不过，像现在这么复杂、将来不可预知的时代，这种短视终究是行不通的。

"我成立了一个改变《朝日新闻》的会。"不知从何时起,我开始这么说。会员有一个人(我)。

当我在喝酒的时候宣布这一情况时,很多同事和后辈纷纷表示"请让我也加入会员吧",都被我断然拒绝了。

因为,我认为,重要的就是"一个人"。

这个时候,我开始觉得,"所谓公司,就是组织与个人之间的战场"。组织很强大。但是,这种强大也带来了劣势。明哲保身,趋炎附势。一旦形成集团,人的本性欲望和弱点很快就会显现出来,并不断侵蚀组织。

能阻止这种情况的只有个人力量。一个人判断,一个人承担责任,一个人行动。虽然力量微弱,但是只要自己一人决断,就没有人可以阻止。所以,虽然弱小,但是很强大。

当然,并不是说组织永远都是错的而个人永远是对的。但是,双方力量均衡恰恰不就是"好公司"吗?问题是,作为公司一员的自己是否也能成为这样的个体。

换句话说就是,自己能否以一种随时可以辞职的心态永远保持自我。

如此一来，突然一个想法掠过心头。

"工作"应该不等于"公司"。

"公司"也应该不等于"人生"。

不是可以随时辞掉工作，而是真的辞掉工作。

不是也可以有这个选择项吗？

参加工作以来从来没有过的这个想法在我心中快速膨胀起来。

辞掉工作能活下去吗

到了这时，公司在我心中不再是"为我做什么的对象"，而成为了"我必须要多方照顾的对象"。而且，自己能做的都已经做完的感觉越来越明显。

公司对我恩重如山，而我不是已尽力偿还了吗？

想想未来的十年，与其说自己能为公司做什么，不如说会成为只会"领受"工资和职位的对象。

人是弱小而欲望强烈的存在。能拿就拿这种贫乏的想法我也确实有。

但是，我感觉，这种失衡与其说是幸运，不如说令人疲惫——好不容易终于还完债了，明明也没有那么必要，可是又要开始借钱。

我与公司的关系已经到了两清的时候了。果然现在正好是最佳时机。

重新再想一下的话，身为公司职员，我做到了很多事情，但是也有很多事情没有做到，也做出了很多忍耐和牺牲。

也想花很长时间真正地登一次山。穷游各国也是长年的梦想。或者尝试各种其他工作。比如说，农民，厨师，甚至还想做一下木匠。

这么一想，梦想越来越多。

辞掉工作的话，无论做任何事情，无论以何自居，都是自由的。可以成为音乐演奏家，可以成为艺术家，也可以成为摄影师！虽然说到底是"自己给自己贴的标签"，但是只要打定主意，不在乎别人的评价就好了——"那又怎么样？"原来世界上还有一个拼命练习长笛或口琴的音乐演奏家，不是很好吗？不靠它吃饭也没有关系。只要自己觉得好，自己的头衔自己决定就好了。有必要顾忌别人吗？

想到这里，思绪已无法停止！

五十岁虽然已经不再年轻，尽管如此，还要看你怎么想，只要敢想，人生还是充满了很多可能性的。我觉得，作为公司职员自己已经十分努力地工作到现在了。过去山折老师告诉我"家住期"，现在或许到了结束这个时期的时候了。接下来，应该果断走出家门，走进一无所有的山林中，再次开始一段新的人生。

当然，在这里很快就成为问题的是"怎么活下去"。

虽然一向行事鲁莽，但是这件事我还是进行了反复考虑。不过，最后想到的答案非常意外——总会有办法的。

之所以这么说，也是因为今后日本一个很大的社会问题是"人口减少"与"空置房屋增加"。从经济发展的角度来看，这两项都只是枷锁，但是对立志不工作的人来说，再也没有比这更强大的同伴了。

总之，当前到处都是人手严重不够的情况。招聘广告贴得满大街都是，而且大多数情况是一直贴在那里。在这种情况下，就算是一个再怎么笨拙、没有经验的中年妇女，只要不对工作挑三拣四，一旦需要，不会发愁找不到打工机会。只要抱着不怕丢人从头学起的想法，应该会慢慢掌握工作技巧。关键不是能力，而是是否有本事扔掉不可思议的自尊。我不知道自己是否有这个本事，不过如果没有的话，我可以努力掌握。

而且，如果对住所不讲究的话，只要方法得当，不必付高额房租，修缮一下空置房屋居住，这种可能性简直比比皆是。当然，现在还没有谁去搭建这一系统。毕竟，空置房屋每家的房东情况都不一样，很难加入到纯粹的生意中。但是，这也要看怎么想，在陌生的土地上努力搞好人际关系，结交朋友，一点点地获得信赖，然后租房子……这一系列过程实际上是非常了不起的大冒险。把这件事本身作为生活目标也不坏。比起只要有钱就什么都可以做到的世界，这种生活不是更加开心吗？

想到这里，我开始觉得金钱问题实际上不是本质问题。关键是能否推翻自己一直以来的常识。而且，这绝对既不悲惨也不痛苦。

节电技术革新

接下来，发生了一件促使我前进的决定性事件。

它就是伴随着东日本大地震发生的福岛县核泄漏事故。

回想事故发生以后的几周时间，那种感觉依然历历在目：脚底发凉的深不见底的不安以及无处安身的愧疚，把我的心塞得满满的。我想，那个时候整个日本的人都被强烈的无力感打垮了，但是与此同时又在拼命地思考自己究竟能做些什么。

我也是其中一个。

我下定决心做自己一个人也能做并付诸实施的就是"节电"。

目标是电费减半。为什么这么说呢？这是因为，我当时所居住的神户市位于关西电力的管辖范围之内,而关西电力所供给的一半电力依赖核电。住在关西的人既没有强烈地意识到这一点,也没有任何感谢,就这样,生活的一半都依赖着核电。

"没有核电的生活"是什么样子?这种生活真的可以做到吗?我想首先试试看,假设本来没有核电,也就是说用以前一半的电试着生活。如果大家都可以过这种生活,自然就"不需要核电"了。

但是,减掉一半电费绝非易事。

如果以前原本就"像流水"一样过度用电,或许不是这样。如果是一天到晚开着空调、电饭煲、电热水壶、电热毯或者被炉的家庭,不用的时候勤勤恳恳地拔掉电源,就可以减少相当多的电费。

可是,我的情况不是如此。

我怕吹冷风,所以几乎不用空调。用锅做饭,扫地用扫帚和抹布,所以没有电饭煲和吸尘器。因为是一个人生活,所以本来就没有电热水壶之类的东西。每个月电费在两千日元左右。

这种情况下要减掉一半电费,简直就是在"拧晒干的抹布"。

发现"无限可能的世界"

我把能想到的都做了。勤勤恳恳地关电灯,拔掉不用的电器用品插头。我可努力了。但是,仅仅这种程度的话,别提减半了,电费简直就没什么变化。于是,我觉得必须从根本上改变想法。

反复试错之后,我终于摸索出一点,就是以"没有电"为前提生活。不是把有的东西减少,而是彻底转换思维——"原本就没有"。只在最需要的时候最低限度地用电。

于是,从这一瞬间开始,我的生活进入了一个与此前"完全不同的世界"。

而正是这个世界充满了无限的可能性。

它是充满闭塞感的现代社会中的一项革新,是我人生中的一次革命。

真的不知道人生的可能性这种东西一直隐藏在何处,又是如何隐藏的。

比如说,晚上回家。因为一个人生活,打开门房间内总是漆黑一片。平常的话,当即就一下打开电灯了,可是因为"没有"电,所以不这么做。首先在玄关待一段时间,等眼睛适应黑暗。

我这么一说,大家肯定会笑。不过,这还真不可笑。

即使不开灯也并非束手无策。真的!出乎意料的是,灯光这种东西总有地方会有,所以过一段时间之后,就可以隐隐约约看见室内了。于是慢慢脱掉鞋子进入室内。换衣服,上厕所,洗澡,几乎什么都能做。

也就是说,在黑暗中,以前从来不曾注意到的、压根没想要注意到的光亮显现了出来。

不开电视。以前,一回到家就会有意无意地打开电视。现在想来非常不可思议,为什么要这么做呢?不过,很多家庭不是都这么做的吗?但是,"没有电",就"没有"电视。于是,黑暗与安静出现了。而这真的让人心情平静。光线黑暗,五感也变得敏锐起来。家里没有声音,就可以听见窗外传来的风声与昆虫的鸣叫声。这实在是风雅之至。

换句话说,当你舍弃一些东西后,并非是一无所有,而是会出现另一个世界。虽然这个世界原本就在那里,但是因为有什么东西存在,所以以前一直看不见,或者说根本不想去看见。这个世界真是太酷了。

换句话说呢,就是"无"中实际上蕴藏着无限的可能性。

可是,在这之前我一直努力追求"有"的世界。我认为,"有"就是丰富多彩,所以为此拼命地工作赚钱。但是,如果"无"也蕴含着丰富多彩的话,那么它究竟是什么呢?

发现这一点后,我开始接连不断地扔电器。

微波炉、电风扇、被炉、电热地毯、电毛毯……

以前觉得哪个都是"有了方便"或者"没有的话不行",可是令人惊讶的是,没有竟然也无任何不便。

微波炉本来只是在热饭或热菜的时候用的，所以可以用蒸锅取而代之。用蒸锅加热的饭根本是微波炉无可比拟的。那可真是柔软香糯，美味无比。想想自己此前用微波炉的这三四十年，真是损失大了。

此外，取代被炉和电热地毯的是热水袋。慢慢地取暖，感觉实在惬意。和护膝毯一起用的话，简直就是移动的被炉！和固定在一个地方不能移动的被炉相比不知要方便多少倍。

也就是说呢，稍微动动脑筋花点心思的话，完全可以过得下去。岂止如此，用别的东西反倒更加舒适有趣。

有资可鉴的是冰箱。

毫无疑问，它是现代生活的必需品，几乎没有家庭没有。

比如，这个世界上有不少人冰箱里只放啤酒。如果是那样，即使没有冰箱也不要紧。可是，我的兴趣是烹饪，上班日也要每天带便当，冰箱里堆满了各种各样的食材和调味料。如果没有冰箱，真的能活下去吗？对此，我半信半疑。抱着这种疑问,我开始试着挑战。

开始实施时是冬天,所以最初几乎没有任何影响。因为我家里没有暖气,本来房间就像是冰箱。食材放在房间或者阳台上就可以很好地保存。

于是我就想,这样的话,岂不是绰绰有余吗?

然而,到了春天,随着夏天临近,我开始说不出这个话来。食物能够保存的期限越来越短,即使把蔬菜晒干保存,可是一不小心就会发霉。不得已,基本上当天买的东西当天就得用完。

这么一来,去超市也不能随便买东西了。觉得"啊,今天这个好便宜",拿到手上,转念一想,这个今天吃不完吧,就又把它放回到架子上。就这样,购物量大幅减少。拿到收银台的充其量就两种。价格也基本上不超过五百日元。不买任何东西的情况也不再罕见。

原来,我生活所必需的东西只是这么"一点点",实在太让人惊讶了。大城市里超市或者便利店一直开到深夜,过一般生活完全没有问题。

我以前总是买满满一大篮子,究竟都买了些什么呢?

必需品是什么

看社会上的商业广告，各式的企业都在大声宣扬"拥有这个，生活更便利"。想着是这样吗？就开始购买。买着买着，"拥有这个，生活更便利"不知何时变成了"没有的话，不方便"，最后就变成"必需品"。

可是，必需品到底是什么呢？

与小时候起就是"必需品"的各种家电的诀别，让我不管愿意与否都要思考这个问题。

从我开始不使用这些东西之后，无论是冰箱还是洗衣机都是没用的大家伙。

东京的房租非常昂贵。你想多住哪怕一平方米，也要付出不菲的钞票。仔细想来，房租的大部分都用在大家电上了。

到底什么是必需品？什么是富裕？我越来越搞不明白了。

或许，根本就没有什么所谓的"没有就过不下去"的东西?

发现这一点后,我有一种非常自由的感觉。

一直以来,现代人都是试图通过获取物品而实现富裕。可是,我再重复一遍,"拥有这个,生活更便利"出乎意料地会很快转化为"没有的话,不方便"。于是,不知不觉中"没有就过不下去"的东西会越来越多。

打个比方说,这就像依靠插着很多管子生存的重病病人一样。

插着管子的话,可以切实得到所需要的药品和营养,维持生命。但是,另一方面,不能从床上起来自由地行走。

我的节电说起来就是把这些管子一根根拔掉的行为。

有的是使劲一下子就拔出来的,有的是战战兢兢地试着拔的。但是,不管怎么说,基本上都拔了也没有什么影响。

其结果是,我能够从床上起来,自由地行走了。

也许,我生来第一次明白了"自由"的意义。

在此之前，我一直觉得，最大限度地把自己认为"有的话就好了"的东西搞到手就是自由，可是，事实并非如此。不，不如说完全相反。

明白"没有也过得去"以及成为这样的自己才是真正的自由。

这个发现带给我的冲击真的非常大。

于是，目标最终转到了我人生最大的管子。

是的，就是"公司"这根管子。

完全化为灰烬

但是，话虽这么说，"想要从公司辞职"与"真的从公司辞职"之间差别还是很大的。

不过，人生真是非常不可思议，就像计算好的一样，"这一时刻"准时到来了。

四十九岁那年的秋天。我负责《朝日新闻》的舆情版面上"THE COLUMN"这个附有我大头照的专栏。刚开始被告知这个消息的时候，我欣喜若狂，觉得是求之不得的好事。之所以这么说也是事出有因——我当时隶属撰写"社论"的部门，内心痛苦不堪。

对于既无知识又无人脉还缺乏素养的我这个浅薄浮华的记者来说，必须撰写背负着公司脸面的"正确想法"，这个使命实在过于沉重。现在回过头看，到了接近五十岁的年龄，沦为像第一年刚进来的记者一样，挑战超出自己能力的领域，内心焦虑，忍辱负重，向比自己晚来的后辈低头请教，被主编呵斥，最后完成稿件，这一经历实在非常难得。对于自尊心越来越强却越来越懒散的我来说，这个宝贵的经历不啻为当头一棒，令我惊醒。唯有感激涕零。不过，当时真的是非常痛苦，牙齿莫名地疼痛，苦恼不堪，最后竟然陷入发烧脸肿的严重事态。说实话，真的好羡慕那些做了管理职位对部下发号施令的同事们。

能从这种惨不忍睹的状态中脱离出来，真的非常开心。脱离了"公司的言论"，可以用自己的名字自由地写些喜欢的东西！胸怀这个美梦，我从长期工作的大阪欢呼雀跃地调任到了东京。

可是，就在第一篇专栏登载之前，突然发生了意想不到的情况——《朝日新闻》要承认两大"错误报道",并且就此致歉。

每天被骂得体无完肤,我完全不知道该写什么了。因为在外人看来,"《朝日新闻》为了宣扬自己认为正确的观点,不惜歪曲事实",而我也"是这个集团的一员"。这种身份的我到底能写什么呢?即使一本正经地试着批判或者分析什么,自然会被冷嘲热讽,"你算老几?"署名露脸写文章的机会一下子变成了风险。

此时,恶魔在我耳边柔声低语。

干脆,现在就辞掉工作吧……

马上五十岁。一个很早以前就确立的目标年龄,要在这个年龄为公司职员人生划一条分割线。这次事件难道就是"如今正是辞职的时机"的天外来声吗?这个恰逢良机的解释深深地诱惑了我。

但是,我也有自己的良心底线。虽然一直对公司说这说那,但是公司毕竟待我不薄。在公司陷入困境之时,一个人迅速逃到安全地带,这种行为不是人做的事情。虽然不知道自己能做什么,但是总之这一年要拼命努力。目标是"挽救《朝日新闻》"——虽然没有任何人要求自己这么做,但是自己一定要这么做。想到是最后一次为公司做事,我应该也可以做些什么。

就这样,我跟跟跄跄地勉强跑完了一年时间。我就像夕鹤①一样,或者说,虽然不如夕鹤那么美,但是拔掉背上仅有的几根羽毛,绞尽脑汁地形成文字。突然转身一看,哎?羽毛几乎没有了!人们如何评价暂且放一边,我觉得自己能尽的力已经全尽了。单薄的身体即使倒立过来摇晃,连鼻血也不会流出来了。只会倾斜着"啪"的一声倒地。

就这样,我宣布了"我要辞职"。

其实,我通知上司自己要"辞职"之后,受到了公司意想不到的强烈挽留。真的非常感激。不过,我虽然觉得过意不去,但是内心没有丝毫动摇。

我深爱《朝日新闻》以及新闻记者这个职业。再也没有比这更好的工作了。除此以外,我对公司已无所求。

---

① 日本民间故事《仙鹤报恩》中的仙鹤。

而且，我也没有能回馈公司的了。我不知道自己是否把公司从困境中救助了出来。我想，客观地说，这点努力实在是杯水车薪。但是，我的心情非常舒畅，因为自己已经竭尽全力做了所有能做的。

如果稍微往自己脸上贴点金的话，就像《明日之丈》①一样，我已烧为白色的灰烬了。

不过，仔细想来，又觉得非常不可思议。从我意识到"人生转折点"，过了大约十年。这期间，我不断摸索试错，无论是在经济方面还是在精神方面，都进行了很多从公司出来后自立的尝试，积累了不少经验。

在最后的阶段，被放置到一个完全没有预想到的舞台上，为了救助对自己多方照顾的公司，不考虑任何后果，全身心地用尽所有力气。我想，毫无疑问，正是因为自己早就下定决心"在五十岁辞职"，所以才能做到这一点。

---

① 日本的拳击漫画《明日之丈》中的主人公矢吹丈在提及自己对拳击的执着时，曾提到自己的青春在不断燃烧，燃烧过后所留下的只有白色的灰烬。

我甚至觉得，好像就是为了这个时候自己才进入这个公司的。

我一说辞职，很多人就对我说"为什么""实在太可惜了"。不过，说实话，我可是丝毫都没有想到这一点。因为，我没有选择的余地。我的眼前只有一条小路，虽然确实充满崎岖与坎坷，但是笔直地伸向远方。我只能沿着它前进，没有任何疑惑。

我想，人辞职的时候，一百个人就有一百个故事。有的是公司单方面不讲道理而被迫辞职，也有很多是对不合理的人事安排或者上司或同事之间的人际关系感到苦恼，不得不选择辞职。想到这一点，或许没有人比我更幸运。

不过，无论是在怎样的情况下辞职，关键是能否积极乐观地迈向下一个人生阶段。

辞职这件事本身没有好坏。既有不辞更好的时候，也有辞掉更好的时候。无论是哪种情况，做出那个决定的都是自己。我认为，自己能否认同那个决断非常重要。

为此，无论是战斗也好报恩也罢或者其他什么，你的心情能否变成"我竭尽全力了",就说明了一切。

换句话说,要不管结果如何,被放在任何地方都要尽最大努力做到最好。想到这里,那些总是不断制造出各种荒谬的公司,也许正是掌握这种生存方式的学校,不是吗?

啊,我亲爱的公司,真的由衷感谢你!

现在,我发自内心地这么想。

其四 日本原来是"公司型社会"

无处不否定的世人

经历过种种以后,我终于把"从公司辞职"由不可能而付诸实际行动。

回过头来想,我从小受到正统教育,虽然也照例有过叛逆,但是最终为了在充满竞争的社会中取胜而勤奋努力,没有复读,没有留学,也没有留过级,直接就进了大公司工作。之后,在公司的激烈竞争中层层胜出,也非常幸运,一直没有大的纰漏,一路走到现在。

说句不怕被误解的话,好歹可以说我一直走的都是世间的"主干道"。

就我这种情况,即使此前尽可能地做了一些相应准备,怎么会半路上就把自己的工作辞掉呢!况且又不是为了寻求更好的职业发展而找到了新的工作。什么都不是。仅仅就是"辞职"。

嗯,挖空脑袋想一下的话,这好像是过于迟到的叛逆期。无论怎么想都不寻常。可是,正因为如此,终于走到这一步,连我自己都感到既惊讶、错愕而又自鸣得意。总而言之,这种机会难得一见,我都想在小有情调的酒吧等地方一个人好好感慨一番了。

但是,人生绝对不易。

辞职这种事绝对比我这种简单头脑想象的要复杂百倍!

首先,是世间的反应。

我一说"我辞职",人们最初的反应基本都如出一辙。

瞬间呆住。

看到这种相同的反应,我想象他们心中肯定是这么想的。

"哎呀,发生什么事了吧?"

"不会发生了不可告人的事吧?"

"真讨厌,该怎么接她的话好呢?"

当然,由于没有一一确认,所以实际是否如此,我不得而知。不过,只要看他们微妙的表情,即使不是那样也八九不离十。因为,对于很多人来说,辞职是太"意想不到"的事情了。而且,被认为绝对不是值得祝福的事情。他们那种内心不知如何是好的样子清晰地传递出来,"你突然对我说这个,可是(我也无能为力)……"。哎?毫无疑问,他们的想法肯定是"这是坏消息",不仅如此,或许根本就认为"这是个危险消息"。

所以,我每次都非常紧张。

趁着"这家伙不会在公司里犯了什么事吧"这种胡思乱想还没有占据他们的头脑时,我必须争分夺秒地消除他们的误解。

我急忙解释说:"我可不是对公司不满而辞职的。"

"年轻的时候,我早就决定到了五十岁辞职。"我说的是事实,可是不知为何却浑身是汗。不过,努力没有白费,对方露出释然的表情,我也就放下心来。

不过,事情并没有就此结束。

解决了第一个疑问之后,对方以一副轻松的神态再次打出一连串刺拳。

这次也是一样,基本都说着同样的台词。

"呀,真是太可惜了……"

这回轮到我呆住了。到底要消极到什么程度啊?

可惜……吗?

什么可惜呢?

工资之类的事情?

的确,就这样一直在公司待下去的话,只要不犯大的错误或不做太出格的坏事,退休之前可以拿到相当多的工资。如果说的是这个情况,的确如此。"应该能拿的东西却不能拿了",从这个意义上说,或许是"很可惜"。

可是,这个"可惜"的用法我总觉得什么地方怪怪的……

所谓"应该能拿的东西",严格来说是不可能存在的。所谓工资,你只有对公司做出贡献,作为等价物,才能够拿到。就我的情况来说,我已经不能再给公司做贡献,所以只能辞职。对于这种人来说,原本就不应该有什么资格领工资。

而且,如果我觉得这样"可惜",那我根本就不会辞职!对我来说,明明已经不能发挥任何作用,却继续稀里糊涂地待在公司对我有限的人生来说才是非常"可惜",所以才提出辞职的……

每次这样拼命地解释时,我都深切地体会到,对于日本人来说,"公司"这种东西是多么重要的存在,几乎没有解释的必要。

虽然这么说,我年轻的时候也百分之一百二十地坚信这个价值观——上好学校的话,就能进好公司,人生无忧!为此,我拼命学习,找工作时也非常努力。进入公司以后，也是努力工作。

只不过，由于机缘巧合，我开始觉得"光有工作不是真正的人生"，我也没有办法。

只不过，这种想法归根结底至少在日本是异端中的异端。

顺便说一句，放眼世界，"辞掉公司工作"="可惜"这种想法绝对不是"世界标准"。

辞职前，我去了一直想去的印度旅游。在那次旅游中，我遇到很多国家的人，被问到"您是做什么工作"的时候，我回答说"之前在报社工作，不过很快就会辞职"。可是，没有一个人觉得非常惊讶，问我"哎？为什么呢"。

人们只是很平常地问我一句"今后有什么打算"，我则回答说"还没确定，以后再考虑"。然后他们接着说"那很不错啊"，或者"祝你好运"之类的话，然后就结束了。反应之轻描淡写实在令人惊讶。

可是，为何在日本很多人对公司如此有执念呢？

难道说日本的工薪阶层一直被打着名为工资的"麻药"，如果没有这个麻药就活不下去？岂不是弱爆了？

当我把"辞职"这一非同寻常的举动从跃跃欲试转为现实，我发现自己是一副盛气凌人地评论世间的架势。

是的，直到那个屈辱日来临……

在房产中介公司焦虑万分

啊，这可不是一点点，而是相当糟糕……

我永远不会忘记这么想的那一瞬间。

在位于东京世田谷一栋杂居楼里面的房产中介公司里，五十岁无业的我受到了一位身穿西装的年轻小哥的盘问。

您这次搬家的理由是什么？

能找到担保人吗？

这次您希望找什么价位的房子？

顺便问一下，您现在居住的地方房租是多少？

……哎呀，我只不过是在网上看到一个房子，想过来看一下而已。话说我已经在邮件中告知了此行的目的，并约好时间来的……为什么突然必须要回答这些涉及隐私的问题呢？

但是，中介小哥一副咄咄逼人的样子。

自从工作以来，我搬过八次家，但是从来没有被中介这么对待过。前面几次都是因为工作调动而找房子。因为是公司签约，所以可以支付高额房租，可能当时咄咄逼人的反而是自己。不用说，房产中介可是把我当贵宾对待的。

可是，没想到今天却被这么对待。落差实在太大，令我焦躁不已，不由老老实实地如实作答。

"是这样的。我辞掉了工作，想换一个房租便宜点的房子……"这时，我看到小哥的眉毛动了一下，赶紧慌忙补充道："担保人的话，我父母还在。"

"不好意思，六十五岁以上不能做担保人。"

"哎？啊，是这样啊……"

第一次听说。不过，想到颤颤巍巍、相依为命的老父母的样子，我不得不承认确实是这么回事。可是，连这个都不知道还想要租房子？以前这些事情全部都是委托公司办理的。这让我不得不绷紧神经。

"对了,我还有个姐姐。"

"对不起,请问您姐姐现在工作吗?"

"……不,现在是家庭主妇……"

是吗?没有工作的人不能做担保人?我不、不知道……可是仔细想来,我们家人全都没有工作!这究竟是怎么了……

"您姐夫现在还在工作是吗?"

"是、是的,还在工作!"

终于有适合做担保人的人了。啊,太好了!

"您可以请他作您的担保人吗?"

"我想可、可以!"

我这才发现,为了让中介小哥哪怕对自己有一点点满意,我可谓拼上老命在努力。可是,真的可以请姐夫帮忙吗?虽然他在大公司工作,作担保人一点问题也没有,可是毕竟很多年都没有见面了。而且还涉及钱的问题,无论怎么说,我想他不会积极地接受一个没有工作的五十岁女人的请求吧……

"对不起,如果不能请我姐夫帮忙的话,怎么办呢?"

"哦，如果那样的话，有担保公司。"

中介小哥迅速拿出放在桌子旁边的一个小册子。动作之迅速，就是那种一开始就知道总归会这样的感觉。

"这种情况下，交一定的费用，担保公司就可以为您担保了。"

"大概需要多少钱呢？"

"每月房租的一半。"

什、什么？这么贵？

"就是说，比如我租十万日元的房子，实际支付的房租是十五万日元！"

这样一来，压缩房租还有什么鬼意义！看穿找不到担保人的人（我）的弱点便进行压榨索取，这个世界也太无情了！对此极度愤怒的我禁不住声音提高了八度。

"不，不是那样的。一开始交房租的一半，就可以担保您一年。从第二年开始……"

喔，原来如此。这样的话还是可以支付得起的。的确，仔细一想也是，无论如何，怎么可能每个月都收取房租的一半呢？那样的话，谁还会请担保公司？可是，自己居然连这种社会的基本常识都不知道。我再次对自己愕然，进而焦虑起来。

"您对面积有什么要求吗？"

"啊，小一点没有关系。有二十平方米就够了。"

"是吗？请问您现在住的地方大概有多大？"

为什么必须要回答这个问题呢？可是，由于问题过于意外，我没有丝毫准备，所以虽然总觉得不太对劲，最后还是诚实地回答了。

"嗯，大概有四十五平方米左右吧。"

"哦。顺便问一下，房租多少？"

什、什么？连这个也要问？

这到底是怎么回事啊？某种形式的审问？

想到这里，我终于明白了。

原来，这位中介小哥是觉得我非常可疑。

我来到店里后，他一开始递给我一张纸，说"请把这个填了"，要求我填写姓名、住址、联系方式以及工作单位。没有什么可隐瞒的，而且要看房子的话，也需要提供这些信息，所以我迅速地填完了。

不过,"工作单位"这一栏没有填写。

并非我刻意隐瞒。只不过,因为这个时候我是带薪休假,虽然形式上还是公司职员,但是很快就会辞职,所以觉得写上公司的名字不太光明正大。

但是,这种情况中介小哥不了解。

他认为我"有无业的可能性"。

正因为如此,他才一开始就问我为何要搬家吧。如果是无业人员搬家,可能会有一些令人不快的理由,比如不能继续支付房租了,或者发生纠纷之类的。他应该是这么怀疑我的吧。

原来如此。这个世界是靠"工作单位"在运转的。只要有工作单位,你就是这个社会堂堂正正的一员,因为工作单位每个月会发给你一定数额的工资,如此房租收不上来的可能性就大幅降低。所以房地产市场才能持续保持良好运转。

可是,我辞掉了工作。

这么一来,我立马不再被看作是这个社会的一员。于是便被归为"可疑人员"之类。

原来如此，辞掉工作原来是这么一回事啊……

银行卡也办不了

不仅仅是房产中介。辞掉工作的人在各种情况下都被置于"圈外"。

比如说信用卡。从公司辞职的时候，为了节约卡的年费，我考虑把手中的三张卡全部销户，只办一张年费最少的简单银行卡。为此，我上网查都有些什么卡，结果发现了一个令人震惊的事实。

原来，无业人员要通过发卡方的资格审查非常难。还有这么回事？我非常惊讶，就向周围的人打听。一问不要紧，发现岂止是无业人员，好像连个体经营者都很难通过审查。

以前不、不知道……（笨蛋）

不过，仔细想来，这也说不上是没有理由的歧视。

所谓信用卡，就是"借钱"的申请书。也就是说，办信用卡这件事就是给予信用卡发卡方承诺或保证，"这人是个有还款能力的人,可以安心把钱借给他"。

那么,如何判断什么样的人才"可以安心把钱借给他"呢?

如果对方是个人的话,可以综合判断,比如说有责任感,做事一丝不苟,不是随便借钱的人等。可是,在商业世界里,这种审查当然是不可能的。所以,成为依据的便自然是"定期收入是否有保证",换句话说就是"是否有工作单位"。

所以,我所咨询的人几乎都异口同声地对我说:"您要办信用卡的话,必须在辞职之前办好。"

哎呀,我当然明白这一点。那是最现实的做法。可是,不是有点奇怪吗?

我这个人没变,还是同一个人。无论有没有固定收入,我根本就没有想过借钱还不上。以前借的钱全部都清清爽爽地还清了,今后也是如此。

然而,这么一个人的自信和实际表现结果仅凭"是不是有工作单位"这一点就被忽视了。事实上,有工作单位却不积极还款的人数不胜数。同样,办卡一周之后就辞掉工作的人也应该不计其数。不，我当然明白，所有这一切在商业的世界里都是合理的判断。可是，必须要在哪里划一条分界线，所以……

想到这里，我幡然醒悟。原来，信用卡本来就不是为了个人而存在的。它是公司与公司之间的互助系统。公司给予职员定期收入，为了让职员依靠这个收入不停购物，信用卡公司以借款进行支持。如此一来，超支购物的人越来越多，其结果就是国家经济越来越发展。

在这个循环中，人所被赋予的权力就是"信用卡"。

顺便提一下，没有工作的话，不仅是信用卡，住宅贷款也办不了。这也是同样的道理。发工资的工作单位、房地产公司、银行，三者分别承担相应的风险，通过让个人借钱，不断发展经济。多么构思精巧、用心良苦的系统啊！

日本社会通过工作单位进行信用担保，很多事情得以成立。啊，而我随意就跳出了这个圈子。

甚至连国家都"惩罚"我

是的,日本社会实际上不就是"公司型社会"吗?

退休之前,我从公司拿到关于税金、保险以及退休金等的说明,至此,这个疑问变成明明白白的确信无疑。

辞职的人所经受的考验达到了令人咋舌的程度。

这个机制只能被认为是来自国家的惩罚。

(选自12月25日的日记)

我50岁的圣诞节。非常浪漫的一天。在公司的最后一次健康体检中做了尿检之类的检查。然后,从总务科拿到名为退职金的离职费领取说明,同时被告知自己的退休金、健康保险等将从公司这一安全装置中脱离出来。

马上就是最后的火箭发射。

以下是难以忘怀的备忘录。

● 离职以后,公司不再支付厚生年金,自己每月缴纳国民年金保险费（每月 15590 日元）。在居住地政府部门的年金科办理相应手续（需要"离职证明"）。

● 要领取失业保险，需要在离职日起 2 周之内，带着公司寄来的"雇用保险被保险人离职单"、驾照、2 张照片（3 cm×2.5 cm）、"雇用保险被保险人证"（从公司领取）以及印章，向居住地管辖的职业安定所提出求职申请。

● 健康保险证离职时退还。从离职次日开始 14 天之内，在居住地的市町村，带好朝日保健工会寄来的"丧失资格证明"与印章，办理手续。

● 提交住所变更书。此后每变更一次，必须与总务科联系（否则，年金可能会被终止！）

● 丧失领取缴费确定型年金的资格。而且，过去所积累的那部分 60 岁之前不能领取（哎?）无论哪种情况都得办理手续。必须与金融机构联系。

以上有很多条，不过总而言之，年金、健康保险离开公司的保护，转移到国家的伞下。今后，作为完全裸露在外的个人要独自面对国家。这么说来，在此之前，我几乎从来没有认真关注过国家"应施行的政策"。只是不屑一顾地认为，我受到公司庇护，这种事情根本与我无关。

这么想来，我简直是个糟糕透顶的新闻记者。

因此，安倍首相，请您多多关照。今后我和您之间真正的战斗开始了。

再就是失业保险。我被告知，要领取失业保险金，"需要有在职业安定所为了再就业找工作的证据"。这个没有问题，只是像我这种选择"不再就业"的生活方式的人该怎么办呢？辞掉工作后成为自由人，或者自立，或者开始个体经营，这样的人应该有很多。难道这些人都不能领取失业保险吗？如果是这样，那么日本这个国家当真是十足的"公司型社会"了。

面对我如此询问，总务科的人也好像被我攻其不备似的，回答说："你这么说的话，好像是这么回事。不过，我们从来没有考虑过这个问题。""毕竟,我们公司几乎没有人选择辞职。"

……哦,是吗?这么说《朝日新闻》这个地方是职场人士的集合了,对吗?

接下来,轮到其他的说明者登场了。关于健康保险组合和税金,由负责人直接解释。

首先,是健康保险。办事的大爷告诉我,离职的人在两年之内可以继续加入公司的健康保险。虽说如此,但是保险费与国家保险并无二致,好处是可以用折后价格去公司的医疗机构或者公司指定的健身俱乐部享受服务。这个似乎与我没什么关系,而且我觉得总是赖在已辞职的公司也不是好主意,所以断然决定改为国家保险。

谁知道,最后,出乎意料的"大大的惊喜"在等着我。

圣诞节最绚烂的彩灯。它,就是税金说明。

哎呀,绝对是完全意外!原来,离职金的七分之一竟会被国家和地方政府拿走!

哎呀,"从鼻子里流牛奶"① 这个词语生平第一次真实地闪过我的脑海。

哎呀呀,说实话,真希望更早看到这个说明啊(笑)。

其实,在此之前关于离职金什么的也给我计算了很多。以此为依据,我煞费苦心地重新考虑生活费,认为OK,这样可以过下去,才真的决定辞职,并且今天坐在这里……哪怕不是准确的金额也好,只要告诉我大致上会扣这些税,或者至少跟我说一句会扣税,不能全额拿到离职金也可以啊……

话虽这么说,可是另外一方面我又觉得好像是对方明明说了,我却充耳不闻……嗯,说实话,离职金还要被扣税这种事,我压根就没有想到!

原来这是常识啊?不,可能是基本常识(笨蛋)。自作自受。怪不得别人。

不,说不定这个说明就是故意放在最后的呢……之所以这么说是因为,就在全部说明刚刚结束的时候,负责税

---

① 这是一首日文歌曲的歌词,意思是荒唐可笑。

金说明的人不紧不慢地插入,替换掉刚才的人,做了很多复杂的税金机制说明(我基本上都不理解),然后带着一种满意的神情,递给我一张纸,说:"稻垣女士的情况是这样的。"

哎呀,这种感觉似曾相识——在稍微高档一点的小料理店里尽兴地吃过饭后准备结账,一位老板娘模样的人嘴上绝对不说出金额,而是不紧不慢地把一张手写的纸递过来。一点不错,就是这种感觉。

这种情况下,纸上写的基本上都是让你发出"哎"的一声、脑袋马上清醒过来的金额。所以才有不祥的预感……果、果然如此!

怎么说呢?毫无疑问,这是自己有史以来最高额度的账单(笑)。

哎呀,以前听传闻说有黑店什么的,简直就是不值一提。国家权力才是真的恐怖!

不过,算了,没什么。税,我交!被征收高额税金,说明我有足够高的收入,我应该感谢才是。而且,因为我交了这么多(纠缠不休),所以,安倍首相,我可是为国家做了不少贡献哟!为了这个社会为了广大民众,您可要用好这笔钱哟。

……就这样,我拼命地试图说服自己。尽管如此,还是有一点无论如何我都不能理解。

那就是离职金扣税的计算方法,因为现在的税收机制对像我这种提前离职的人实在是太苛刻了。

之所以这么说,是由于离职金有一部分可以免于交税,而这个免除额的计算方式是工作年数越长额度就越增加。也就是说,安倍首相提倡建立一个"能够挑战的社会",可是制度上却是另外一回事:越是一直在一个公司持续工作死皮赖脸地待在里面,越是不用交税。

换句话说,从公司里脱离出来,自立、独立的人,要被国家处以罚金。这算什么呀?说的与做的大相径庭。

失业保险也领不到!

更让我吃惊的是失业保险。

像我这种因个人情况而离职的人竟然也可以领一百五

十天，真是太好了。对于收入中断的人来说，这个制度简直太令人感动了。

只不过，我所担心的是，如前所述，公司提醒我说"领取时审查非常严格"。因为，如果没有足够的证据表明你在努力找工作，就领不到这笔钱。

不，这个我明白。作为国家，如果不让能工作的人努力工作，大家就都不工作而每天发呆，这个国家就完了。

但是，工作未必一定等于"在公司工作"吧。有人从公司辞掉工作以后再跳槽到别的公司，也有人做自由职业者，或者开自己的店，或者不靠任何外力一决胜负。所有这些都既不是坏事，也不应被指责。

然而，调查之后我才发现，原来只有那些要去其他公司工作的人才能领取失业保险，而个人独立维持生计的人则没有领取资格。

也就是说，所谓失业保险，就是把我们日本的成年人都强行塞进"公司"这个体制的制度！想通过自己的脚站立起来的人无论此前交了多少保险费，失业以后都得不到必要的保障。

"哎——"我那种震惊程度您能理解吗?

当然,我根本没有否定在公司工作这种生活方式的意思。可是,不在公司工作的人的生活方式不是应该同样受到尊重吗?

自我独立的人比准备工作的人要承担更大的风险。所以,不说因此更应该受到保护,至少在新的工作纳入正轨之前这段时间,应该和准备工作的人一样得到生活保障。不管怎么说,为了维持失业保险这个机制,本人此前也在一直积极地缴纳保险费。

啊,日本的"公司型社会"怎么达到了这种程度……

不是公司职员则不是堂堂正正的人,是可疑者,得不到信赖。而且连国家都对不属于某一公司的人处以"惩罚"。

连国家也要依赖公司

究竟为什么连国家都要逼着国民"快点找工作"呢?

我当然知道"要工作"。可是,"工作"不等于"属于公司"。既然如此,为何不是"快给我工作",而是"快给我找个公司入职"呢?

但是,随着离职手续的推进,我似乎明白了个中缘由。"哦,也是有道理的啊……"

之所以这么说,是因为:无论怎么想,为了保障国民健康以及最低限度的文化生活,不通过公司的"政府直营"机制都已经运转困难。或者说只会让人觉得马上就要失败,或者说已经失败了。

比如,国民健康保险。从单位辞职的人必须要加入这个保险,但是保险费非常高。在个别自治体,假若年收入有三百万日元,其一年的负担要超过四十万日元。五个家庭中就有一个家庭承担不起,交不起保险费,即使生病了也不能接受医疗服务,现在这种悲剧正在上演。怎么会变成这样呢?

原因在于,加入国民健康保险的,四成以上是没有工作的人,剩下的个体实业者必须支撑这些人。加上经济状况恶化以及老年人增加，加入者的平均收入处于减少趋势。结果，没有高额收入的人也不得不缴纳过多的保险费。

哪怕是外行人也看得清清楚楚，这个制度已经维持不下去了。

但是，公司职员的话，就可以加入有收入稳定的同伴相互支持的公司的健康保险。

也就是说，虽说日本有"全民保险制度"，谁都可以享受廉价医疗服务，但是现实是如果不通过公司，国家已经不能保护国民的健康了。

年金也是如此。国民年金的保险费是每月大约一万六千日元。连续交满四十年的话，最终可以拿到足额的年金。但是，领取额度是每月大约六万五千日元。这样的话，再加上要支付房租，不得不说几乎过不下去。也就是说，即使工作的时候拼上老命一丝不苟地连续缴纳保险费，老了以后也不可能过上"年金生活"①。

---

① 靠退休金过日子。

其中,有四成的人是不缴纳国民年金的。这种情况谁能指责呢?可是,如此一来,就只能说这一制度已经彻底维持不下去了。

与此相对,公司职员所加入的厚生年金,平均每月可以领到十五万日元左右。这是因为公司支付了一半的年金。

也就是说,国民的老年生活也是由国家通过公司才能保障,这就是现实。

哈哈哈,我好像明白了些什么。

这就是:日本这个国家之所以能维持,是因为有公司存在。

国家没什么大不了的。公司才保障着国民的信用以及生活,换句话说,保障着我们大家的"生命"。

所以,国家才对国民施加压力,要求大家"快点工作(快点进公司)"。恐怕就是如此。

可是,我却跳出了公司。

呜呜呜……

其五 黑心员工所建立的日本

独自一人在荒野所看到的世界

一旦从公司辞职,就被从"由摇篮到坟墓"这一完美的安全装置中剥离开来,只身一人站在荒野之中。于是很快发现了残酷的现实。

在日本这片荒野上,已经形成了一个机制:一旦不属于公司,就会自动被排除到"圈外"。会被当作可疑者对待,不被信任,从保护生活的安全网络中脱离出去。

因为,所谓日本社会实际上就是"公司型社会"!

是一个令人难以置信的"不是公司职员就不是人"的国家……

不……这个我以前真不知道!(笑)

话虽这么说，可是我已经辞掉了工作！

虽然事到如今晚了点，但是我终于理解了。所以，大家才都想成为正式员工。

在此之前我理所当然地是正式员工，所以稀里糊涂地对个中利害完全没有理解。我已经说了很多遍，自己真是个糟糕的新闻记者。不过，现在终于理解了一点点。在当今日本，能否成为正式员工是一件天大的事情。因为，一旦被从中踢出来，就不仅仅是收入少的事了。既不敢生病，安心老去也很难。总而言之，就是一个连人权都不被保障的无安全装置的世界。

但是呢，如果你问我，"这么说来，还是待在公司比较好，是吗？"我会痛苦地呻吟："不，不是……"

原因在于，现在的公司已经变得越来越奇怪了。

辞掉工作之后，无论干什么都是一个人面对这个"公司型社会"。这时，展现在你面前的公司真的非常冷漠而恐怖。

在那里工作的人们也一点看不出来有幸福的样子。在此，我首先试着举一个例子。

买一部手机卧床三天

公司，太恐怖了！

没有工作之后首先感受到的就是这个，是源于一些琐事。

因为，就为了买手机这点小事，我竟落到卧床三天的地步。

说起来很丢人，我还是生平第一次自己买手机。以前无论是打电话发邮件还是检索信息，所有与世界连接的手段，我都是百分之百全面依靠公司。由于报社里所有通讯手段都与业务直接关联，所以无论是手机还是电脑都是公司配备的。甚至会帮你设定好，把发送到电脑上的邮件全部转发到智能手机上。我只要动动手指，做些连猴子都会的操作就可以了。

可是，从公司辞职的话，当然必须把手机和电脑都还给公司。这样一来，很快我就会既没有电话号码也没有邮箱地址。突然一下子，谁也联系不到稻垣女士了。虽然还有写信这一手段，可是这样又产生一个问题——怎么通知对方自己的住所呢？这实在是太糟糕了。

说到这里，您肯定会说，既然如此，那就赶紧买手机和电脑呗。可是，这时我整个人早已傻掉了。手机应该在哪里买，买哪一款，电脑又该看重什么，在哪里买，买什么，我一概不知。

事实上，我有可以称之为心理创伤的记忆。曾经有一次，我想买一台自己家用的电脑，去了家电量贩店，可是当面对大卖场里排列得满满的各种各样的电脑以及看不懂意思的说明时，我整个人全蒙了，立马飞奔着逃了出来。

为什么电脑看起来都相似，价格却从零日元到几十万日元，差别如此之大呢？这里到底发生了什么？原本这里卖的是什么？不，想到这一点，我到底来这里干什么来了……

回想起那时得到的教训——"我一个人怎么也搞不

定",便向一位熟悉电脑的公司同事咨询。

"总之,让我们先从买手机开始。"嗯。那么,买什么样的手机好呢?"有安卓和苹果两种,你觉得哪个好?"啊,这个我也知道一点。安卓是现在公司给我用的这种手机。苹果是更酷一点的家伙。好不容易从公司辞职了,想干脆换成苹果试试。"那么,你就去店里,告诉店员想买个便宜点的,如果不是最新款的旧机型,应该降价了。"嗯嗯。如此简单的咨询,好像我也可以做到。

基于以上原因,一天傍晚,我下定决心一跺脚进了附近一家店铺。努力朝摆放了苹果样机的柜台走去。找到了,找到了。嗯,果然如此,最新款的是"6S",老款的是"6"。我的目标是"6"。于是,我鼓起勇气对从附近走过的店员说:

"不好意思,我想买一台尽量便宜点的苹果手机,请问这个6降价了吗?"完全按照同事的指示。虽然这个问题一看就很傻,不过既然真的完全不懂,干脆从一开始就让对方知道自己"不懂"比较好。

这时，店员回答说："的确，6更便宜一点，不过价格也没有您说的差别那么大哟。因为哪款都是每月六百日元左右……"哎？是这样啊？每月六百日元？岂不是太便宜了？可是，虽说如此，因为每月都得支付，所以能便宜一点是一点。毕竟自己马上就要没有工作了……

"是吗？这样的话，请到这边来，我给您说明一下。"在里面的桌子上，谈判到底还是开始了。

啊，接下来发生的事，说实话真不想回忆！

这是因为，当我终于签完约，回到家后，发了近十年以来最高的高烧，并卧床躺了三天！我想，可能是因为那个接待我的店员感冒了，传染给了我，不过比这更重要的是，我完全丈二和尚摸不着头脑，所以发了"智慧高烧"。

一开始觉得每月支付六百日元左右岂不是太便宜了，谁知最后轻轻松松就超过了八千日元！

有通话费、通信费以及各种各样的"套餐"。原本我的意思是，无论是通话还是通信，我只（会）使用最低限度，所以最便宜的就可以了。但是对方用这种套餐那种套餐轮番轰炸——"这样更合算",就是不肯给你轻易把合同签了。至于对方说的是什么东西又是怎么便宜的,我一无所知。谈话就这样不断进行下去。我努力反复询问不明白的地方,店员每次都像播放录音一样给我解释,可是用于解释的词语我几乎都听不懂,越听越糊涂,越听无力感越强烈。

而且,还不停地被逼着做一些完全意想不到的决断,"要不要购买手机损坏保险?""录音电话是收费服务,要办理吗?"哦,是保险啊。"万一屏幕碎了,维修费用可是很高哟。"的确如此。如果是工作联系,录音电话也是需要的啊……仔细一看,费用越来越多。更让我丈二和尚摸不着头脑的是,对方向我推荐"更换机型时也可以使用的预付卡"。不,我根本就没有想过什么更换机型。不过,当我问道"这个有必要办吗",对方坚定有力地说"很有必要",并对我说,既可以在便利店使用,又因为不是信用卡,所以可以放心。不,我本来就不怎么去便利店,现在你对我说什么放心不放心的,那么它是和什么相比比较让人放心呢?如果原本就没有,岂不是就没有什么所谓危险啊放心啊之类的事了吗?虽然我心里这么想,可是已经没有一点说话的力气了。

至此还没有结束。"屏幕保护膜需要吗?""绝对是有比较好。"哎呀,我知道最好是有,可是比我想象的贵多了!昭和出生的大妈想,如果本来就必须有的话,一开始就贴好不就得了吗?不过,店员小哥满面笑容地说:"贴膜是个技术活,必须在店里由我们贴。"我无力地低下头,那就拜托了。接着又来了,"手机保护壳需要吗?"怎么还有啊!不过,最好还是有比较好吧。这个不需要可爱,什么样的都可以,所以就买了个最便宜的,那种稍有些虚假的成就感让我心里稍稍安慰了些。

我想,说不定那时就已经发烧了。现在回想起来,好像是对方对我说了一个类似"三个月免费使用"的套餐"绝对合算",我就签约了。但是,合同内容到底是什么,早已想不起来了,就这样迷迷糊糊地走出了手机店。

瞬间跃入眼帘的是,到处都是手机店,而且全部都贴着醒目广告牌招揽着顾客。

"从其他公司转到本公司,可以得到某某。""凭 A 的话B也可优惠!"不,简直就是排长龙的优惠、合算。刚才别人对我说了多少次"合算"啊。可是,我最终也没有闹明白,到底是与什么相比合算!

难道说是故意让我不明白的?

有一个广告牌上写着"苹果手机,含税每月三千九百日元"。啊,我现在有点理解它说的是什么意思了!重要的不是苹果手机机身的价格,而是每个月消费多少的"含税"价格。我的手机每个月远远超过了八千日元,而这个三千九百日元就能搞定?虽然我认为这确实很了不起,可是就我现在的这点知识量,估计无论去哪家店,肯定都是完全不能理解对方在说什么,结果被推荐各种套餐,同样垂头丧气地走出手机店。

趋于欺诈化的商业

这么想来,感觉这个世界上的手机店无论哪家都很恐怖。

是的,我当然明白。这一切本来就是因为我自己不好，过于无知。如果是懂行的人就不会发生这种事了。可是，在当今老龄化社会，有那么多的老年人，面对如此复杂的"合算"系统，他们能够理解多少呢？人家对他说"合算"，被推荐购买各种套餐，又被几个月免费使用的合约所吸引，结果忘了解约，以致购买了没有必要的高额套餐。

我想到了自己的父亲。老爷子非常有上进心，或者说是那种即使上了年纪也想紧跟时代的类型，最近对智能手机非常感兴趣。但是，其实他对普通的手机都弄不明白。想到这样的老爷子走进手机店里会发生什么，我就恨不得想哭。他自尊心很强，所以即使不懂也会装懂吧。不，虽然我认为自己说了实话，反复说着"不懂"，可是尽管这样，依然会因为不懂的东西太多而倍感疲惫，结果还是不懂装懂。

谁敢说为数不少的老年人没有被不当收取高额通信费呢？

而且，可怕的是，从我昏昏沉沉回家的途中开始，刚刚设定的邮箱里邮件就蜂拥而至。仔细一看发现全是手机公司发来的信息。关于什么服务的信息，优惠套餐的信息……哎呀呀，差不多就可以了吧。你们这些人究竟在卖什么呢？我已经完全一头雾水。

几天之后，又收到了一封厚厚的信，里面写的内容是，如果不接受这项新服务，所签约的某个套餐价格就会比较贵，诸如此类。又过了几周，电话打过来了，"向您推荐一款仅限新用户的非常合算的套餐"。

对不起，我说……难、难道手机合约是手机公司用来推销的工具吗？就是因为邮箱地址和手机号码理所当然地被你们知道……一般公司的话，推销必须从了解客户的个人信息开始，可是手机公司本来就具有得天独厚的优势！难道不是这样吗？

嗯，好像有点啰嗦，不过我不得不说一句，难道社会上的老年人没有一个接一个地上这种销售的当吗？不，不，如果是必要的服务，当然可以购买。可是……

我已经恐惧至极。毫无疑问，这是一片打着"合算"之名的妖怪横行的密林。今后，我将在这片残酷的密林中，极力避免不小心掉到地狱中被吞噬掉，独自一人倍加小心地生活下去。

自己学会IT后所看到的现实世界

有这种感受的好像不止我一人。

在家附近的公共浴池中,一位经常光顾的老奶奶对我打招呼,说"好久不见了"。仔细一看,果然好久没见到了。

一问才得知,她因肠梗阻被救护车送到医院后,住了长达一个月的院。据说从鼻子里插管的治疗非常疼痛,她说"再也不想有这种经历了"。据说,由于是一个人生活,她被救护车送到医院后,又忍住疼痛返回自己的家里,独自一人做了住院准备。"烦透了。没有家人可真的麻烦啊。"啊,这就是真实的现实。不是虚无缥缈的别人的事情。"您康复了真是太好了,太好了!"我大声地向她表示自己的祝贺。

加油!一个人生活的老奶奶。我很快也会走上同样的路。我感同身受,想发自内心为其加油助威。

这个暂且放一边,现在开始进入主题。从一些意想不到的事情,她就会说到"当今这个社会,真是搞不明白"。问她具体是什么事情,又说是从四面八方涌进了太多的信息,已经搞不清楚什么是什么了。"比如说个人号码",这么说来,我昨天去写稿子的下北泽的咖啡馆里,好像也有年轻人在谈论"个人号码"是什么东西。由于是单方面寄来的,所以确实弄不明白是怎么一回事。说实话,我也不懂……

那么,老奶奶是怎么做的呢?"我呢,如果不懂,就直接去问。如果是区政府寄给我的,我就去区政府。"老奶奶真了不起!太牛了!这是我唯一的想法。我要向您学习。可是,当我一想到有多少人做不到这一点啊,心情马上黯淡下来。如果得了早老性痴呆症,或者身体垮了,"莫名其妙"的事情很快会越来越多,一天比一天更陷入深深的不安之中。

我再次想到了自己的父母。

我父母两个人一起生活,每天都会收到几乎所有的产品宣传册以及邮寄过来的东西,上面绝大多数都写的是

"实惠"、"紧急"、"不可错过的机会"、"重要"。无论什么时候去，他们都把这些东西全都乱糟糟地放着，当作宝贝对待。

"个人号码"就是其中之一。真正重要的是什么，必须注意的又是什么？所有这些只是在开头部分描述了一点点，而绝大多数篇幅都是用来大肆宣扬"办了卡的话会这么方便"。

政府部门的各位老爷，你们知道拿到这张卡之后老年人有多么惶恐不安吗？你们想的该不会是让大家多办卡自己的考核业绩就会增加吧？

政府部门的各位老爷以及公司的各位大爷，所谓的"成果主义"就是这么一回事吗？

到底是什么啊？这个"公司型社会"！

一想到自己近在眼前的老年生活，我就不能将这当作发生在别人身上的事而满不在乎。急剧增加的老年人，在这个商品卖不出去的时代，不是已经成为商业社会的冤大头了吗？包括政府部门在内的所有推销都围绕着老年人转。而能够弄明白这个的人究竟又有多少呢？

要骗人的话，首先要让其感到不安。即使不是这样，年龄增加这种事处处都是不安。如此想来，老年人不会已经成为社会"发展"的冤大头了吧？

换句话说，假装亲友的电话诈骗与不在此列的所谓"正当"生意之间的差别究竟在哪里呢？

现在的这个社会，或者说这个"公司型社会"，变得越来越糟糕的只是东芝或者三菱汽车吗？仔细回想一下，还有食品包装乱标示的问题。连超一流的宾馆和商场也都坦然撒谎。只要为了公司利益就可以不择手段。难道这就是当今的日本标准？

我也曾经黑心过

这么怒不可遏地批判社会（批判公司）的我突然有一天发现了极其荒唐的事——公司为了自己的利益把弱者当作自己的食物……而我自己以前确实也曾是这个群体中的一员。

之所以发现这一点，是源于一件事情——离职以后，我所深爱的《朝日新闻》向我约稿,我同意了。

稿费……很低!超级低!

这次约稿,字数要求二千五百字以上,稿费是一万五千日元。其他的约稿是一万字以上五万日元。

虽然我认为稿费自然根据能力而定,但是对我来说,无论哪个篇幅都很长。从零开始写二千五百字,即使不算构思的时间在内,最低也要几天,长的话需要一周时间。而一万字以上,一周的时间怎么也写不出来。

最终,我拒绝了二千五百字的约稿。然而,一万字的也比想象的困难得多,整整两周冥思苦想绞尽脑汁,甚至有时做梦都痛苦万分,最后总算勉强写完了。

写作这个工作的难处在于,就算稿费低也不能偷工减料。一想到换算成每小时多少钱,我简直要昏过去。也许,这个数目对大学老师、杂志的总编或者公司社长等这些本来就有"正规"谋生工作的人来说还可以。因为稿费就是他们的一点零花钱。

可是,靠文笔吃饭的人这样的话根本就无法维持生活。

我再次进行了思考。这个金额是经过怎样深思熟虑才得出的数字呢?

过去,我也曾经向外面的作者约稿,也是类似的金额。约稿时的工作态度则是:不愿干的话我们找别人好了。能让你在《朝日新闻》上发表文章就够看得起你了,你应该感激涕零才是。所以,这个数字的逻辑我想自己是非常清楚的。

因为没有预算。无论杂志还是报纸都销售困难。所以,尽量削减多余的经费。总编辑也是打工族,必须在紧巴巴的预算中尽量做出有意思的东西、精品,这样才能彰显自己的本事。

就在稍早之前,我也是百分百这么想的。

然而,一旦离开公司,一个情况完全不同的世界就出现在了眼前。

说是没有钱,可是真的是那样吗?不,情况并非如此吧。即使没有支付给外面作者的钱,可是有的地方还是有钱的。那就是公司职员的工资,或者公司职员使用的经费。就《朝日新闻》来说,这个金额在当今社会是非常高的。

获得这种"既得权利"的人们虽然维持生计的正当职业发展不顺利,但是借口经费削减,试图以一种打一枪换一炮似的低廉金额,让外面的人们为他们工作。

这种事情我以前一直在做。被我批判为"黑心企业飞扬跋扈"的公司以及作为公司职员的我自己,都曾经内心非常黑暗。

因为,我们把弱者作为自己的食物,只要自己能活下去就好了。

人也是一次性用品的"公司型社会"

原本应该是普通的公司职员,却发现已经在把他人作为自己的食物。所有的人都卷入了这么一个世界。

为什么会变成这样?

过去经济高度发展的时代,公司是光明的希望之星。只要商品被生产出来,很快就被卖掉,公司规模越来越大,工资也增加,如此公司职员就会买东西,所以东西就卖得很快……就这样，所有人都可以享受到发展的成果。

公司发展得好的话，所有人都受益。过去就是这样的时代。所以，国家也依赖公司，认为医疗也好年金也罢，只要依赖不断发展的公司就可以放心。

我认为，就是这样形成了"公司型社会"。

想让这个时代重新复活的是安倍经济学。首先搞活公司。为此，缩减公司应缴的税金，并让日元贬值以促进产品的出口。如果这样可以提高公司效益，公司职员的工资也会增加，大家就会买很多东西。如此，公司也可以更有活力，经济就会良性循环……

我也认为，如果是这样就好了。可是，问题是，无论我怎么想，这种可能性都微乎其微。

首先，东西卖不出去。这不是各个公司或者产品的问题，而是整个社会已经变成了这样。大家拥有的东西已经太多了。那个也想要，这个有的话就好了，一件一件到手后，才发现家里已经塞得满满的，根本无从下手了。这样的话，换个更宽敞的房子就可以了，但是谁也没有这样的经济实力了，而且大家开始发现，本来这就是无止境的。

"只要把东西弄到手，生活就可以变得富裕。"这种想法迅速成了过去时。

可是，这样一来，公司就发愁了。

不提升利润的话，就无法存活下去。但是，东西卖不出去。在这种情况下，要提升利润，只有两个方法。

一个是，廉价用人并很快将其抛弃。

另一个是，欺骗顾客。

也就是说，要不就是疯狂压低非正规职员或者外部劳动力的待遇，要不就是使用过多的胁迫语言或者欺骗性手段让人们把不需要的东西当作必需品加以购买。

换句话说，公司为了生存越努力，不幸的人就越多。我们已经进入了这样的时代。

也就是说，公司已经完全陷入了死胡同。

而这不正是日本社会陷入困境的真实写照吗？

因为，日本社会是"公司型社会"。

不要被"公司型社会"所裹挟

那么,该怎么办呢?

当然,没有简单的答案。但是,有一点可以说的是,什么都不考虑,就这样被卷入"公司型社会",你有一个光明未来的可能性是非常低的。

换句话说,你必须要自立起来。

但是,容我再说一遍,所谓自立是什么呢?

迄今为止,日本人曾经自立过吗?或许,现在日本人正被迫面临战后第一次"自立"吧?最近,我常常这么想。

我再仔细解释一下。

日本在战争中失败了。从烧得一无所有的荒原出发的日本国民团结一心,取得了举世瞩目的经济发展,日本成了世界大国。

我想,日本人此前一直被认为,就是在这个时间点很好地"自立"了。

可是，事实真的是这样吗？

的确，经济发展以后，日本国民能够买到房子、车子以及各种各样便利的东西。可是，这是"自立"吗？

繁荣产生依赖。伴随人口爆炸似的增加，大家可以平等地享受发展的成果，这种时代持续的结果是产生这种思维模式：与长久的东西产生联系会让人比较安心。在既定轨道上是最重要的。

不久之后，抱住大公司的大腿分享利益，逐渐成为了既得利益者。

这能称得上"自立"吗？

消费行为方面也是如此。经济发展的别名是"大量生产、大量消费"。在不断发展的公司里工作，然后把在那里赚的钱用于消费。所有人都能发展的时代，这个循环运转良好，经济取得不断发展。

但是，人们生存所需要的东西终究是有限的。当大家拥有了必需的东西之后，如何"能制作出"必要的东西就成为决定胜负的关键。换句话说，就是连不必要的东西都要弄成"必要"。就是那种"拥有即带来便利"的家伙。

没想到"拥有即带来便利"很快就会转化为"没有就会不便"。其结果就是，被卷入经济发展的人们变得越来越依赖物品，否则就活不下去。

也就是说，经济发展没有让日本人自立起来，而是使大家产生了依赖。难道不是这样吗？

现在连"拥有即带来便利"这件事也到了极限。必须把东西卖给根本不想买的人。这里每天反复进行的是游走在法律边缘的商业营利行为。

"拥有即带来便利"这一宣传口号突然闯入了"没有就会不幸"这一领域。把顾客卷入烟雾之中让其思维混乱的这种销售话术成为理所当然，商业广告也都是些近乎威胁或欺骗的煽动性语言。可尽管做到这个程度，东西还是卖不出去。无论怎么注射安倍经济学的强心剂，还是卖不出去。在这种情况下，公司为了生存，甚至开始染指触犯法律的行为。

伪造食品包装说明、东芝的财务造假问题、三菱汽车的燃油数据篡改问题、食其家的过劳问题、CoCo壹番屋的废弃食品流入黑市、不断违法运行的廉价深夜巴士酿成悲剧等,所有事件已经不再是单个公司的问题。

所有人多多少少都一边立于危险的悬崖之上,一边拼命地守护着自己"公司职员"的身份。

尽管做到这种程度,极度勉强的发展还是停滞了,应该平等享受的果实也没有了,只有发展的账单——负担横在眼前。

在这个事实面前,已经完全习惯了依赖的很多人顿时呆若木鸡。

那么,该怎么办呢?

很明显,现在需要做的,是从依赖中脱离出来。

不是等着别人给予,而是必须用自己的头脑考虑如何迈出脚去。

日本人有没有这种能力呢?

我们不是经常被问及这一点吗?

可是,这实在太可怕了。我认为,可怕是理所当然的。毕竟,大家必须要进行战后从未有人完成过的大冒险。

正因为如此,安倍首相宣称"没关系,大家可以依赖。我来想办法",才广受欢迎。因此,大家都很喜欢安倍经济学。即使它是虚无缥缈的口号,也总比被逼着自立要好。哪怕是阁僚发言有问题,哪怕是因经济问题要辞职,安倍的支持率都没有丝毫动摇。与之相对,哪怕他要做什么(出格的事),人们也闭着眼睛追随他而去。

虽然由于安保法案和核能再启动,有些人提倡"从安倍政治中脱离出来",可是这个诉求却很难渗透到民众中去,因为创造出安倍政治的正是无法从依赖中脱离出来的我们自己。

不是"We are not ABE",而是"We are ABE"。

虽然我想从观察这个事实开始,可是……

公司是什么?

我想重新思考一下所谓从公司自立是怎么回事。仔细想想的话,公司这种东西好像没有实际形态。

容我大胆地说一句,它是所有公司职员的集合体,是命运共同体，或者是类似互助会的地方。也就是说，我认为，是公司职员的某种"想法"才使得公司得以成形。

我马马虎虎做了二十八年的公司职员，现在回头来看，发现公司职员努力工作的原动力是"金钱"与"人事"。

虽然说得太直截了当了，但是毫无疑问正是它们产生着巨大的动力。

说得更露骨些，总之就是"想变得比别人更了不起"、"想要更多的钱"。当然这两个因素是联系在一起的——出人头地的话，工资也跟着上涨。

当然，公司职员的原动力不仅如此。自己的工作对别人有帮助，带给别人喜悦，这些也能打动公司职员。

我想，在过去日本经济快速发展的时代，正是这些原动力很好地让公司职员充满工作干劲。我也是在泡沫经济时期进入公司的，所以亲身经历了公司当时的勃勃生机。能够感受到公司业绩蒸蒸日上，我们的工作得到了社会上的支持。所以，虽然每天的工作充满失败与劳累，但是本质上内心非常快乐。因为每个人都可以升职加薪，所以公司职员的精神也从来没有被嫉妒或者怀才不遇的感觉所支配。

可是,一旦经济发展停滞,东西卖不出去,最关键的那种"自己的工作可以帮助到别人"的感觉就会逐渐消失。如此一来,打动公司职员的动力就只剩下"金钱"与"人事"。

希望自己比别人出色。

哪怕一点点也好,想生活得奢侈些,或者,不想降低现有生活品质。

这是每个人内心都有的弱点和欲望。

一旦弱点被抓住,人就容易被控制。在公司利益这一名正言顺的名义下,不少人什么事情都做,原因就在于此吧。这种事情一旦成为习惯,很快就连犯罪的意识也感觉不到了。公司本身成为弱点与欲望的集合体,很快公司的存在意义就变得只是"为了公司职员",结局就是公司职员之间开始相互争夺、相互吞噬。假如这就是黑心企业的话,那么现代社会中无论什么公司都有可能变成黑心企业。

假如日本社会是"公司型社会"的话，那么或许日本本身已经越来越黑心化了。

在这个互助系统中，所有人都朝不会变得幸福的终点一个劲地奔跑着。让人绝望的是，在这个过程中，并不是谁很坏，也不是哪里有坏人或者敌人。制造出黑心化日本的，是每个人那点不是罪过的欲望，是想在这种痛苦的状况下想办法活下去的努力。仿佛就是一个陷阱，越挣扎越被吞噬。

如果是这样，那么出路在哪里呢？

降低对公司的依赖度

经济发展解决一切问题。这就是出路。这么说并且朝这个方向努力的是安倍首相。可是，我无论如何从这一点都看不到希望。这是因为，本来日本黑心化的原因在于东西卖不出去。所以，经济才无法发展。尽管如此，公司还是要努力发展，所以黑心化才开始的。似乎有点混乱。可是依然还是那样，看不到出路。只要把眼光局限在发展上，圈套就会越来越紧。

总而言之，即使假设经济会发展，幸福会再次降临，可是谁也不知道到底会是"什么时候"的事。请安倍同志多多努力，可是赌上无可挽回的"自己的人生幸福"的话，风险岂不是太大了吗？

我想提议的是，哪怕是一点点也可以，要降低自己对"公司的依赖度"。也就是说，不要被"金钱"和"人事"所摆布。

比如说，虽然公司给每个人的工资不一样，但是无论是拿的多的人还是拿的少的人，都尽可能不要完全依赖自己的工资。

这并不是说让大家都去做副业。检查自己的生活，重新审视自己当真需要的东西。发现无需花钱的快乐。如此一来，如果能够比现在哪怕控制一点点支出的话，不花的钱就可以慢慢而切实地积攒起来。仅这一点也可以让你对公司的"姿态"有所改变。

不管什么都可以，除了在公司工作以外，寻找自己喜欢做的事情。然后找到与自己志同道合的同伴。哪怕仅仅如此，你的价值观被公司绑架的程度也会降低吧？要说公司的大人物在俳句圈里是否也受尊敬，答案是没有这回事。这么想的话，即使被难以置信的人事变动所打击，你的心情也会好很多吧？如果看问题的方法或者思维方式多元化的话，心胸应该也可以更开阔。或许也可以避免因是公司命令而盲目服从反社会的行为，即使不得不服从，至少可以保持正气。

而我最想强调的一点是，如果通过这样让自己可以不依赖公司，工作本来的喜悦肯定会重新复苏过来的。

工作本来是能够让人满足、带给人喜悦的美好行为。思考人们怎样才能开心快乐，是最富有创造性而又让人心情愉悦的行为。如果只是一味考虑金钱或者自己的利益，则绝对做不到这一点。只要能赚钱就什么都能做的不是工作，而是欺诈。从长远来看，也绝对不是为了公司。

如果这种人增加哪怕一点点，那么"公司型社会"——没有实体的"公司"这种怪物吞噬着人的幸福——不就会发出声音开始变化了吗?

前面将出现的不是"公司型社会",而是人类社会。

#　其六　现在的我

了解自己

我突然发现,自己从公司辞职刚好满一个月。

十二年前,由于一个小小的机缘决意改变人生轨迹。能够最终走到今天,连我自己都不敢相信……

再次回首过去,自己大学时候非常想进入理想的公司,无论是作文练习也好还是时事问题的学习也罢,当真是拼上老命地努力。终于进入了公司,可谁知道中途就这样离开了。真是做梦也没有想到……哎呀,如果那时的我知道现在这样的话会怎么想呢?人生真是不知道会发生什么。

我的生存环境一下子发生了巨变。被从"公司住宅"

里赶了出来，收入没有了，每天常去的地方没有了，同事也没有了，以前铺天盖地的与公司业务相关的邮件也消失殆尽，简直就是断了触手的章鱼！（笑）。不，这时候怎么能笑呢（笑）。只有存款越来越少（笑）。

……啊，对不起。但是就是忍不住要笑。

哎呀，这是为什么呢？

我想，可能是因为自己自由了。

虽然不安，虽然孤独，可是自己都能够忍受。

我想表扬一下自己。

当然，这也是托了公司的福。毫无疑问，正是因为被公司反复随意摆布，有时哭有时笑地奋战至今，才有了今天的自己。

从公司辞职以后，对于自己能做什么，不能做什么，也终于明白了。

仅凭在公司工作这一点，就可以为自己加很多分。公司的威严与温情的力量委实不可小觑。如果不辞职，便无从知晓这种情况。"啊，我以前竟然连这种事情都是依赖公司的!"经历过一个个打击后,现在的我明白了即使没有公司自己也可以做到以下事情。

① 房子破小也无所谓

工资没有了,自然租房补贴也就没了,所以此前的那种豪华公寓当然也就住不起了,我找了一个便宜的小房子搬了进去。四十五年房龄,三十三平方米。感觉就和刚进入公司工作第一次开始一个人生活时在高松住的公寓一样。

墙壁上布满污痕,自然也没有自动门锁,而且隔壁的声音令人难以置信地听得清清楚楚(笑)。门是薄薄的单板,房间很小,既没有空间放冰箱和洗衣机,也没有收纳的地方。不过,是五层楼的顶楼,视野和光照都很好,这一点让我满意,所以就租了下来。

总之,因为房间太小,衣服、鞋子、书籍以及其他东西统统都送了人。被公司扫地出门,几乎一无所有地滚了出来。

说实话,人生第一次体验到不是"上升"而是"下降"的滋味。而且,真的非常担心自己能否受得了。唯一的心理安慰是，搬家费是二万五千日元，被搬家的师傅表扬说："哇，东西少真好啊。"

不过，我完全挺了过来！一点也不悲惨。不，或者说反倒非常平静坦然。原来我终究就是这种人。再次回想起往事，小时候住的房子更破旧，也过来了，而且那时也有那时的乐趣，非常开心。再说，房子小没东西，非常容易打扫和整理。于是，自我开始一个人生活以来，这是我住过的最干净整洁的房子。照这样下去的话，或许我可以掌握一项技能——下次即使更破小的房子也可以过得很开心。想到这一点，我的梦想越来越放大。毕竟，东京的房租负担太厉害了。

② 钱没有那么多也无所谓

与①相关，因为是第一次过没有固定收入的日子，所以非常不安，再次计算了一下支出预算。竟然发现，用比想象更少的金额就可以满足生活。

首先，由于"民以食为天"，我试着计算了一下餐费，发现一天六百日元竟然就可以过得下去（笑）。仔细想来，吃自己在家做的饭是最幸福的了。我本来就喜欢烹饪，自己做的话，想吃什么都可以吃到。辞掉工作后，不用上班也没有加班，可以畅享这种幸福的家庭用餐。这样一来，吃饭真的好便宜。即便算上晚上喝的最赞的日本酒的花费，（1天1合①）也是这个价格。偶尔也会去外面吃，不过到了这个年龄，已经不再想吃什么牛排啊寿司啊之类的美食。基本上，粗茶淡饭就可以了，不，或者说粗茶淡饭更让我心满意足。住所附近价廉物美的居酒屋每每排成长队，而我在其刚刚开门的四点开始就可以占好位子，这也是无业人员的特权！

也几乎不买衣服。毕竟家里没有衣柜，买了也没地方放。我现在完完全全是"只有十件衣服"的法国人。

③ 可以做家务

没有工作以后，我深切地体会到了自己的厉害之处，那就是自己可以做饭，可以打扫卫生，还可以洗衣服。虽

---

① 日本度量衡中的容积单位。1合约等于180毫升。

然几乎没有任何电器，但是没有任何关系，我全部自己用手做。也就是说，即使不靠别人、公司或者金钱，也可以把自己的生活安排得很好。仔细想来，人生只要过得开心就好。夫复何求？这么想的话，就没有什么可怕了。

④ 可以结识邻居，认识朋友

辞掉工作以后就没有了同事，有变成孤零零一个人的危险。不过，人终究是群体动物，一个人活不下去。最主要的是一个人会不快乐。因此，有必要靠自己的能力一点点扩大人际关系，我发现内向害羞的我竟然也可以做到这一点！

说一件不值一提的小事，首先是对人打招呼。鼓起一点勇气，在经常光顾的住所旁边的便利店里，一进门就让人感觉舒服地对店主大叔道一声"你好"。在附近的公共浴场里，要进入更衣室或者浴池的时候，即使都是陌生人，我也尽量大声地对人打招呼，说声"晚上好"。这么一来，刚开始用狐疑的眼光打量我的浴场的常客——老阿姨们也慢慢地开始与我搭话了。最近她们喊我"小非洲爆炸头"（笑）。即使过了五十岁，人依然还可以有这种尝试。

如果不辞掉工作，或许根本不会想着去做这种事情。

总之，我期望自己可以称为朋友的人就这样一点点增加就好了。而且感觉这似乎不是做梦。

⑤ 保持健康

还有就是，过这种生活真的非常健康。因为，既无需与讨厌的人打交道，也不必被小心眼的上司痛批，压力指数为零！不，这样说有点过了。压力还是有的，是关于自己的。自己的那种心有余而力不足的感觉会伴随一生，无论走到哪里，只要活着，就无法逃脱。这也是我辞掉工作以后才了解到的。

不过，这种压力可以自行缓解。想到这一点还是感到神清气爽。这样一来，与吃闷食喝闷酒也彻底无缘。酒，无论是一个人独酌，还是大家一起畅饮，都是愉快的。顺便说句题外话，实际上在从公司辞职之前，我就不做"亚健康综合体检"了。

因为有公司的补助，可以比较便宜地接受入院综合体检。以此为挡箭牌，对不够健康的生活视而不见，定期发现一些需要"修理"的地方，然后去看医生。这是公司职员的固定节目。不过，这其中难道不是有点怪异吗？换句话说，我认为这可能也是公司之间的互助系统。公司为了赚钱，不断在精神上和肉体上给员工施压，其结果是，身体出状况的公司员工定期接受体检，发现疾病，去医院交钱治病……好像是一项永久运动——通过制造出病人，金钱才得以切实流通。

所以，好不容易跳出了公司，我是不会再加入到这个循环里去的。与此相对，我会从平时就注意好好保护自己的身体。幸好我是个闲人，所以有足够的空闲！

不过，虽然这么说，有时还是会被意想不到的病魔所袭扰吧？那是命，没有办法。万一到了那种情况，治疗到什么地步？如何治疗？又该如何迎接死亡？一辞掉工作，就刻不容缓地必须直面这些问题。

可是，这不是很好吗？不把自己的生命与健康完全押在某一个"赌注"上。我现在就在充分考虑自己的死亡方式。虽然说这让我很开心有些说不通，但是这的确既不悲伤也不沉重。我感觉这件事定了，人生便定了。

说了这么多，啊，原来辞掉工作以后我能做这么多事情！

总之，四十岁之前我下定决心要建立"没钱也开心的生活方式"，现在这一目标已经基本实现了！人，真是什么都要尝试一下。

不过，当然仅仅这样并未结束。我也明白了自己确实有"做不了的事情"和"不擅长的事情"。

⑥ 赚钱

哎呀，这已是极限！我比自己想象的还没有这种能力！（笑）。不，这不是值得笑的事。不，尽管如此，我完全没有这个能力，只能笑（笑）。

这一点我以前就隐隐约约地知道。所谓新闻记者，完全是个样样通样样松的工作。不过，虽然不是一帆风顺，但是近三十年一直干同样的工作，所以我还是掌握了某种能力的。的确，我形成了自己的习惯，或者说拥有了可以称之为"写作"的能力。可问题是，它完全不能变成钱！

前面我已经写到过，稿费这个东西低得简直令人难以置信。而且既花功夫又费时间。唯有为了写作的咖啡费用不断累积，几乎和稿费不分上下。采访费或者交通费完全是自掏腰包。虽说如此，我在公司的时候，也是这么压榨自由撰稿者的，所以也根本没有资格发牢骚。

但是，我是自作自受，可想到这个世界上的自由撰稿者，这种"廉价的写作"真的是件非常严重的事情。我想请各家媒体报社认真地考虑这个问题！这样的话，写作者会越来越少。如果呼吁应对铅字文化危机，我想请大家首先从这个问题开始认真考虑！

可是……

这个暂且不说，当我只考虑自己的人生时，赚钱能力差真的问题有那么严重吗？我的想法是"那又怎么样"。

首先一个大前提是，我此前已经赚得足够多。接下来要做的，不是接受，而是必须考虑如何把这份幸运回馈给社会。

而且，就我的情况，支出是房租＋α，我的钱完全够我幸福快乐地活下去。现在我只要把存款一点点取出来就可以应付了。如果交不起房租了，那时再说那时的事。毕竟，现在的日本，我前面也写到过，全国各地到处都有空房子！如果不限于东京，房租还可以再压缩，似乎有的地方还可以免费住。这么想的话，如果收支平衡，一点问题都没有。或者说，如果多少有点收入的话就更幸运了。如果有工作委托就更幸运了。也就是说，一切都是幸运、幸运。除此之外，我夫复何求？

哎？有工作的话就更幸运了？

是的，一点没错。如果有人问我辞掉工作以后，现在最想做的什么，我的回答是"工作"。

对工作再定义

不，请不要误会。我说的并不是想"就职"，也并非想赚钱。

但是,我想"工作"。我现在发自内心地这么想。

那么,工作是什么呢?

我决定从公司辞职以后,集中请了自进入公司以来从未有过的带薪休假,在国外待了很长时间,圆了以前的梦想!二十五天里,我在印度的高级疗养地尽情享受按摩。这种长期休假对于日本的工薪阶层来说,简直是梦想中的梦想。所以,我狠狠心把此前赚的钱砸在了这上面。

可是呢,出乎意料,这让我心情难以平静。绝对不是我讨厌悠闲的生活,可是似乎仅仅那样的话——虽然不想承认——会觉得"没有意思"。

那么,结果我做了什么呢?我勤奋地写了在印度疗养地的旅游日记,并在 Facebook 上不断地发布。当然,这赚不到钱。不过,把自己的经历写成文章,可以与人分享自己的乐趣。人们读这篇文章,喜欢它,并给予反馈。这件事实在太有意思了,所以我废寝忘食地一直在写。

因此,虽然是为庆祝我好不容易从公司脱离出来变得自由而进行的梦想已久的旅行,可是不知为何却比在公司工作时写的东西还要多几倍。

于是，我重新思考所谓工作是什么。

所谓工作，说的彻底一点，既不是进入公司，也不是赚钱，而是带给人们喜悦和帮助。也就是说，为了别人做什么事。它和玩耍不同。要带给人们喜悦必须不能有丝毫马虎。所以，工作才有意思。会很辛苦，即使进展不如意也逃不出来。然而，正因为如此，才有成就感，还可以结交志同道合的同伴，人际交往也越来越宽。这次帮助别人，下次自己就可以得到别人的帮助。所有这一切绝对不是嬉戏玩耍着就可以办到的。

工作真的太了不起了。即使倒贴钱，我也想做。想到这里，我真正想做的事情一件一件地冒了出来，简直停不下来。

比如说，我想做一个"做饭阿姨"。我非常喜欢烹饪，但是因为单身一人，所以只能做自己吃的，而且随着年龄的增长，食欲越来越小，因此"做菜的欲望"很难满足。

可是，如果成为"做饭阿姨"就可以随便做了！而且因为不是餐馆，即使水平一般般，也肯定会有人吃（应该）。

荒诞无稽？不，可没有这回事哟。我喜欢日本酒，各地酒窖都有朋友。可是，现在无论哪里都经营不佳，很难雇到给酒窖工人做饭的人。于是，冬天的时候，酒窖的工人们就窝在酒窖里吃便利店的盒饭。士气肯定不会高涨，对健康也不利。

那么，我可以去嘛。只要在酒窖的一个角落给我一间小屋，我就会成为自己送上门的做饭阿姨，实现梦幻的过冬方式——看着饥肠辘辘的酒窖工人们大口大口地吃着我做的饭菜。

此外，我还想试试当木匠。好像有点啰嗦哈，现在全国有很多空房子。不是说有很多古朴雅致的房子因为年久失修被废弃，已经成为了一个社会问题吗？我说的就是这回事啊。如果我会做木工，便可以自己改造房子，这样就一生都不会为房租发愁了，而且说不定还会因为重新再利用空房子而对搞活地方经济发挥一点作用。

抱着这种想法，我试着向建筑公司的熟人打听了一下，对方回复说"我们正愁人手不够呢，非常欢迎"。不用花钱就可以学到木匠的工作，还有比这更好的事吗？

接下来，因为喜欢老人，我还想尝试做一下有关护理的工作。当然，因为钟爱日本酒，也想做一下餐馆的烫酒师。还有还有……

……一想到这里，辞掉工作的我人生一片光明。

当今世界，有很多很多人有自己的烦恼。与此相适应，工作机会也应该有很多很多。如此想来，如果不执念于诸如金钱和工作种类之类的，那么死亡之前的这段时间就不会没有快乐。

这，岂不是很了不起？

哎呀，日本还是充满希望的！

公司啊，衷心地谢谢你，再见

接下来，我想重新思考一下公司到底是什么。

一方面，我深切地认为自己辞掉工作真好，做得太正确了,可是另一方面,如果自己此前没有在公司工作的经历,现在会怎么样呢?想到这个,我又切实体会到一点,那就是:对我来说,做过公司职员毫不夸张地说是一个非常重要而精彩的经历。

所谓公司,对我来说,就是最好的"人生学校"。

首先,它从零开始教会我该如何工作,其存在意义无可取代。同事、前辈以及采访对象教会了我很多东西。关于一件事情,就我来说,是关于"写作"这件事情,虽然历尽曲折但是终于可以做得专业,毫无疑问这是托了公司的福。

不仅如此。

应该怎么对待金钱?

如何与谈不来的同事或者上司相处?

即便努力也没有结果,失去自信时该怎么办?

如何应付不合理的人事变动?

面对无法认同的命令时该如何应对……

公司这个东西实际上不停地反复用大棒和胡萝卜将公

司职员玩弄于股掌之中。这种波状攻击真实而残酷，在学生时代是无论如何都无法经历的。稍不留神，很快就会被这种残酷所吞噬，掉入万丈深渊，陷入电闪雷鸣之中。既然成为了公司职员，那么任何人都必须一个一个地直面这些情况。

这简直就是一部讲述成长故事的电影。

主人公为了达到某个目的，和伙伴一起"踏上旅途"。途中，要通过敌人的攻击和伙伴的背叛等各种考验，不断继续前进。最后，有可能达成目标也有可能失败，不过最重要的不在于此。

当这趟严酷的旅程结束以后，主人公和出发前相比，切切实实变成了另外一个人。即使当初的目标没有达成，肯定也收获了更多的东西。《星球大战》的卢克·天行者以及《伴我同行》中的戈迪无不如此。当然，那时他们已经失去了少年时代的天真烂漫，饱尝痛苦，矛盾重重，不过如果要问他们是不是很不幸，答案是否定的。

因为，人只有踏上旅途才真正长大成人。所谓长大成人，就是指遍尝苦难与悲伤之后，拥有继续前行的能力。

哪怕仅仅在公司工作，谁也都可以有类似电影主人公的经历。

所以，难道您不认为公司真的非常了不起吗？

所以，最关键的难道不是"走完旅途"吗？旅途总有一天会结束。从旅途毕业的日子肯定会到来。这一点绝对不可忘记。

如果不这样，就会对旅途产生依赖。旅途舒适的时候尤其必须当心这一点。

如果是睡在睡袋或者帐篷里的旅途，倒是不用担心，不过如果前方目的地准备好了舒适的宾馆，就会连自己身在旅途也会忘记，以为没有面对困难的必要，于是不紧不慢地持续旅行成为唯一的目的。不断地抱怨饮食糟糕或者从业人员态度恶劣，旅途变得越来越索然无趣。最终的结果是，总有一天"谁也不再为我们准备宾馆"，而面对此事态，我们完全束手无策，连自己此前的幸运也会忘记，只是彷徨无助，一味地慨叹自己如何如何不幸。这是与成长故事完全相反的世界。

是的,公司是修行的场所,而不是可以依赖之处。

如果明白了这一点,就会知道再也没有比公司更了不起的地方了。修行结束以后,你可以随时离开公司。而事实上,无论你是否离开公司,都已经无所谓了。只是"要修炼成总有一天可以从公司毕业的自己"。这难道不是非常非常重要吗?

这么想时正值我五十一岁没有工作的那年春天。

尾声

关于无业与走红关系的考察

从公司辞职之前,应社论委员们(撰写社论的人们)的邀请,参加了他们的年会。在这次年会上,我和一位研究员朋友之间的谈话非常有意思。

虽然他很年轻,但是从更年轻的时候开始就不停地换公司,至今已跳了五次槽左右。最初的转折点好像是二十五岁左右的时候。听他说,辞掉之前政府单位的工作后,一段时间没有工作,只是闲着到处游荡,之后觉得还是要重新学习,便又返回大学。

于是,他成了年龄稍长的研究生。可是,那个时候虽然他只是像平常一样骑着自行车,却时不时被警察拦下来询问。他说:"这是因为,在日本,如果快三十岁的男子在大白天里游荡,就会被看作没有任何工作单位的莫名其妙的人,触发警察的感知装置。""从某种意义上说,这是个非常完备的监视社会。"的确是了不起的日本警察。这一点虽然我大致能理解,可是不可思议的是,当他一找到第二份工作——虽然不是正式员工,还是穿着同样的衣服在同一时间骑着同一辆破破烂烂的自行车,却再也没有被拦下来询问了。他调侃道:"可能我身体中什么地方发生改变了吧。"嗯,的确如此。

我的"日本是公司型社会"这一假设好像不见得就是荒诞无稽。

因为,有没有工作单位在日本社会是决定性的"某种东西"。

不过,我倒是没有被拦下来询问。或许,因为我是非洲爆炸头,原本就是很容易辨识的可疑人员,所以警察根本没必要询问。

但是,如此说来,我辞掉工作以后生活明显发生了变化。

那就是，我开始迅速走红了。

确切地说，烫了非洲爆炸头以后我就开始走红，而辞职则更进一步增加了我的人气。

我之前一直想，是不是自己带薪休假去了印度，这段时间里什么东西发生了变化呢？可是仔细想来，感觉并非仅仅如此。

从公司辞职以后，我一直努力从零开始重新建立人际关系。

在此之前，首先最必要也最重要的是，与同一建筑或者同一房间的同事，也就是说在公司所给予的环境中建立人际关系。另一方面，重新回过头来看，与公司以外的人建立人际关系则非常慎重。这究竟是为什么呢？或许是因为，一旦说出公司的名字，就会有人奇怪地过来拉关系。又或许是因为，担心自己在外面一不注意会有损公司的名誉，结果会被处罚。

原来，不知不觉之中，无论在公司内外，我一直都是被"公司职员"这一身份束缚着的啊。

可是，现在情况不同了。

无论是走着路，还是去喝茶，或者是买东西，我都在观察别人。我在寻找自己感觉舒服的人，无论他来自哪里是何许人，只要哪怕有一点点能与我心灵相犀都可以。

这或许是因为我是独自一人的缘故。而一个人的话无法活下去。蓦然回首，才发现自己一直在为同样独自一人生活的人加油，并且想要同他们产生联系。不，其实也没什么大不了的。无非就是看着对方的眼睛，努力地倾听对方说话，以笑脸致谢道别。仅此而已。可是，仅仅如此却意外地最能给人以勇气，难道不是这样吗？

自从不工作以来，无论是房子还是电脑，都是我从零开始一个个搞定的。在此番艰苦卓绝的奋战中，对于那些不愿从"公司"这个冰冷的墙壁另一侧走出来的人们，我感到一种强烈的无力感。可是，我没有就此放弃，而是选择努力，谁知竟然遇到了一些虽然是公司职员却努力要突破壁垒的人。无论在什么地方，只要仔细观察的话，都会有这种人。而我正是想和这样的人们一起并肩活下去。

当我把这个探测器完全打开后，果然，独自努力奋斗的人一个接一个地跳入我的视线，甚是有趣。

昨天我在下北泽咖啡馆的露台上喝咖啡时，一位拿着相机走来走去的小哥进入了我的视线。我想，啊，这个孩子的理想可能是当摄影师，他肯定会过来问我可不可以让他照张相吧。结果，果然如我所料。

偏偏那天我因为宿醉脸色非常难看，说实话真希望他不要给我拍照，可是我知道他是鼓起勇气与我搭话的，所以就非常爽快地决定配合他。他拿的相机勾起了我诸多回忆，所以我们聊了很多。他使用的这个曝光表已坏的相机是花两万日元左右从二手商店买的。说实话，他对焦很慢，话也说不顺畅，似乎不会一边说话一边拍摄。不管怎么看都是错过了很多按快门的机会，所以我不觉得会拍出好照片。

使用的胶卷是富士的黑白ISO100，所以我说了一句"分辨率好低啊"。他回答说："ISO400已经停止销售，没有了。"什么？这也太让人惊讶了吧。我进公司的时候可全都是这个啊，谁知却……时代真是快速地横扫一切啊。

正因为这样，和人聊天才非常有意思。如果不是在这里和这个孩子说话的话，或许我这辈子到死都不知道 ISO400 已经没有了。

分别的时候，他递给我一张 A4 纸，说："这是我的名片。"仔细一看，上面混杂着展览会的通知，写着非常有趣的简历。

"我的目标是成为一个菜鸟摄影师！"

原来连菜鸟都不是啊（笑）……

接下来还有。"我回老家的时候，翻看以前的老相册，看到一张父亲的明星照一样的照片，从那时起，我开始了摄影（笑）。"

哎呀，这个时候不该笑（笑）。

"活动内容：拍摄照片，冲洗出来以后，通过邮件发送。当然，一切免费。"……总之一句话，他是无业人员！

果然，我是想和这些人——没有工作的人，或者虽然是公司职员但是血中无业度高①的人、不在群体里而试图

---

① 模仿血中酒精度，作者自己造的词，体现了作者的幽默文风。

单飞的人——联系在一起的。

职场人士就算了。比如我离开公司以后断断续续地找我写稿子的那些人，回头想想，他们也分两类人。一种是把我当商品使用的人，另一种是稍微把我当作人看待的人。当然，无论哪种都是生意，这一点毫无疑问。不过，前者是考虑自己的功绩或者业绩的职场人士。这种气息会出乎意料地明明白白传递出来。

想到这一点，我可以理解自己为何在经常光顾的那家公共浴池里对常去的老奶奶们感到亲切了。毕竟，老奶奶们可能没有工作吧。她们非常孤独。

和老奶奶们交朋友需要技巧。老奶奶们虽然好奇心旺盛，但是由于害羞且戒备心强，所以不可莽莽撞撞地随意与之搭话。平时我都是谨慎行事，有意无意地反复表明自己是个"让人感觉不错的年轻人"。如果在更衣室正好碰到，就轻轻地关上柜子门；在冲洗处的话，则认真冲洗，尽量不留下一根头发。这么一来，老奶奶们之间应该就会互相议论，"嗯，那个留非洲爆炸头的人虽然看上去有点那个，不过人还是很不错的"（笑）。

即使认为马上就可以了,也要把握好时机。比如,在门口擦肩而过时,或者在更衣室只剩下两个人时。总之,如果认为对方感到"虽然还有点顾忌,但是自己该怎么做呢?这个人,我与她对视一下也没有关系吧",就立刻抓住时机,鼓起勇气,嫣然一笑,大声对其打招呼,说"您好"。如此一来,先前好像有意避开视线的老奶奶也一定会看过来,回应道"你好"。

而且肯定还加上一句比如"今天好冷啊"之类的话。听到这个,我不得不佩服老年人沟通能力真强。年轻人是不会加上这么"一句"的。

可是,我为何费尽心思地想和老奶奶们交朋友呢?

并不是因此会有什么好处。比如可以听到有价值的信息,这是完全不可能的。老奶奶们永远只是不厌其烦地重复同样的话,比如身体不舒服啊,或者附近的小道消息之类的。

但是,我所追求的不是那么势利浅薄的东西,而是因为老奶奶们是孤独无业的前辈。

或许,她们以前也被家人所环绕,也一直在工作。可是，在漫长的岁月里那些关系一个一个地断掉，最后只剩下孤身一人。尽管如此，这些来到公共浴池的老奶奶们依然想靠自己的力量立足于世。到这里来的话，肯定会有人在。可以聊天，还可以运动。每一件事对于老年人来说都绝对不简单。在这里，她们虽然有点力不从心，却苦苦支撑坚强地活着。看到这种情形，我能够找回自己朴素的初心——一个人生活也没有问题，不过为此必须付出努力。

人与人之间是彼此联系在一起的。帮助别人，并得到别人的帮助。只要从头开始积累这种关系，即使没有固定职业应该也可以活下去。或者说，只能这么活下去。很可能。不，肯定是。

并不是和所有人都会成为朋友，也有很多人只说过一次话后就再也没有见过了。可是，那又怎么样呢？

明天的事无法预知。有的人可能会再次见到，有的人可能再也见不到。但是，人生就是一瞬间一瞬间的积累。帮助别人，并得到别人的帮助，只要瞬间能联系到一起，又夫复何求呢？

因为一直是这么想的，所以现在的我心胸非常宽阔。

这么一来，仅仅是在路上行走都备受欢迎。主动跟我打招呼的人不计其数。而且基本上都是很有意思的人。人出乎意料地拥有敏锐的传感器，并不停发射电波。即使不是警察好像也可以感知到这一点。人总是很自然地寻找能够同行的伙伴。只不过，如果局限在一个集体中，这个传感器会变得迟钝，电波也会变弱。所以，公司职员才不擅长与人建立关系。

有人说，"人与人之间的联系"是今后社会的关键词，我也这么认为。不过要与人建立联系首先必须要自我独立。大家早就知道了？我可是第一次知道。

TAMASHII NO TAISHA by Emiko Inagaki
Copyright © 2016 Emiko Inagaki
Original Japanese edition published by TOYO KEIZAI INC.
Photograph © 2018 Chihaya Kaminokawa
(The first appearance is in "iine Vol. 35" published by Crayonhouse inc.)
Simplified Chinese translation copyright © 2020 by Shanghai Translation Publishing House
This Simplified Chinese edition published by arrangement with TOYO KEIZAI INC.,
Tokyo, through enhaku Inc, Osaka

图字：09-2018-1127号

图书在版编目(CIP)数据

五十岁，我辞职了/[日]稻垣惠美子著；郭丽译.
—上海：上海译文出版社，2020.7(2024.11重印)
ISBN 978-7-5327-8435-6

Ⅰ.①五… Ⅱ.①稻…②郭… Ⅲ.①随笔—作品集
—日本—现代 Ⅳ.①I313.65

中国版本图书馆CIP数据核字(2020)第106415号

五十岁，我辞职了	[日]稻垣惠美子 著	出版统筹 赵武平
魂の退社	郭 丽 译	责任编辑 李欣祯 马 惠
		装帧设计 山川制本 Workshop

上海译文出版社有限公司出版、发行
网址：www.yiwen.com.cn
201101 上海市闵行区号景路159弄B座
杭州宏雅印刷有限公司印刷

开本 787×1092 1/32 印张 6.5 插页 5 字数 64,000
2020年10月第1版 2024年11月第4次印刷

ISBN 978-7-5327-8435-6
定价：58.00元

本书中文简体字专有出版权归本社独家所有，非经本社同意不得转载、摘编或复制
如有质量问题，请与承印厂质量科联系。T：0571-88855633